心の中の足あと

白光出版

はじめに

〝心の足あと〟

人生の上で出会う、特別なあるいは運命的な人というのは、私たちの心に足あとを残していく。そしてその後、たとえその人と頻繁に会うことや連絡することがなくなったり、あるいはその人が自分の前から姿を消してしまったとしても、その人の足あとは心の中に確かに残り、それ以降も私たちに良い影響を与えつづけていく……。

ある時、どこかでふと誰かから聞いた、この言葉はとても印象深いものでした。そしてこの〝心の足あと〟という言葉が私の中に残りました。

私は五年前に初めてのフォトエッセイを出版させていただき、その本の副題を、〝心のノート〟としました。そして今回二冊目のお話を頂いた時に、題名は是非〝心の中の足あと〟にしたいと思いました。それは、私の心の中にはたくさんの美しい足あとが存在し輝きつづけ、それゆえに今の自分があるということを強く感じているからでした。

一冊目の時はすべてが初めてのことで、出版にあたり多くの不安や戸惑いが自分の中にありました。でも、作る過程でたくさんの方々に助けていただき、無事出版することが出来ました。そして出版後、多くの方々から感想を頂戴し、そこからたくさんの、言葉には言い表わせない勇気と喜びを頂きました。本を通しての人とのつながりを強く学び、また感じさせていただきました。

ですから今回は自分の生い立ちや経験、今感じていること、今までに影響を受けたことなどを、ありのままに書き、自分らしさを大切にした本にさせていただきたいと思いました。また今回の本に載っている写真は、世界中に住む同じ意識を持った私の友人たちに依頼して撮ってもらったもので、一枚一枚の写真とのつながりも大切にしました。ブックデザインも私の友人にお願いし、手作り感や人とのつながり、そして自分らしさを大切にしながら、信頼する人々と共に、一瞬一瞬を大切にこの一冊を作らせていただきました。

世界中の若者に写真をお願いした理由は、読者の皆様に世界のさまざまな風景を身近に感じていただくとともに、同じ目的や意識を持つ人々の撮る写真を楽しみ、また共有していただきたいと思ったからです。そしてもう一つには、私自身が彼らからパワーとサポートをもらいたかったからです。この本に出てくる若者たちは、古くからの友人であったり、仕事を通して出会った、私が心から尊敬し慕う、かけがえのない人たちばかりです。私の仕事もプライベートも理解し、精神的にもサポートしてくれている人々です。そんな彼らの写真が本の中からもサポートしてくれていると思うと、私はたくさんの勇気をもらえました。そしてそのお蔭で私は、私が心から信じていること、思っていること、体験したことを、そのまま素直に書くことが出来たのだと思います。

彼らには写真と同時に読者の方へのメッセージもお願いし、日本の読者に伝えたいことを自由に書いてもらいましたが、そこにはたくさんのシンクロニシティーが起き、私が書いているテーマと全く同じことを書いていたり、私が伝えたかった言葉や、私には書けないこと、気づかないこと、そのすべてを把握しているかのように補ってくれていました。まさしく、彼らの言葉によって初めて私の文章が完成されていくような気が致しました。その過程は私自身にとっても、たくさんの驚きと学びの連続でした。

この本を作成する上で、改めて私の心の中に刻まれているたくさんの美しい足あとに気づきました。皆様の中にもきっとたくさんの足あとが存在していて、これからも多くの素晴らしい足あとが心に刻まれていくことと思います。この本が、皆様の心の中にも存在する多くの美しい足あとを感じるきっかけや、いろいろなことを考えるきっかけとなりましたら、とても幸せに思います。

そしてこの本は、この本を読み、受け止めてくださる皆様のご存在によって、初めて完成される本であります。私が一冊目の本を通して、多くの人とのつながりを教えてもらえたように、この本を通して、読者の皆様にも多くの人とのつながりを感じていただけたらと思います。愛と平和という人類共通の意識を通して、人々がつながり、そしてそこに存在するシンクロニシティーの場を感じていただけたら嬉しいです。

最後になりましたが、この本が出版されるにあたりご支援、ご協力、ご指導くださいました多くの方に心から感謝申し上げます。

世界人類が平和でありますように

もくじ

心の中の足あと

心の中の足あと

1 Crossing the line

これは、私があるプロジェクト会議に一週間ほど参加した時の話です。

その会議の参加者は二十代が中心で、世界中からさまざまな分野で活躍している若者たち十五名ほどが集められていました。その趣旨とは、開発中のプロジェクトを、若者たちに試験的に体験してもらい、その後全員で意見、感想、アドバイスを出し合って、よりよいものにしてほしいというものでした。参加者はみな、自分たちが願う、よりよい世界を少しでも実現させるために、それぞれの分野で活動している人ばかりだったので、お互いが打ち解けるのに大した時間は必要ではありませんでした。

朝から晩までずっと一緒に行動していると、二、三日もあれば全員の仕事、性格、リズム、考え方は分かるものです。それぞれの個性が大体は把握できてきたなと思っていた頃、一人の女性があるワークショップを提案してきました。それが〝crossing the line〟です。彼女によれば、より深くお互いのことを理解し、団結を生むためにとても効果的な方法だとのことでした。しかしこれを行なうためには、それぞれがお互いを信頼し、自分をさらけ出す必要があり、自分の〝comfort zone〟（安全地帯）から一歩踏み出し、時には危険地帯と思える場所にまで自分を持っていく必要があると説明されました。参加する、しないはそれぞれの自由な選択

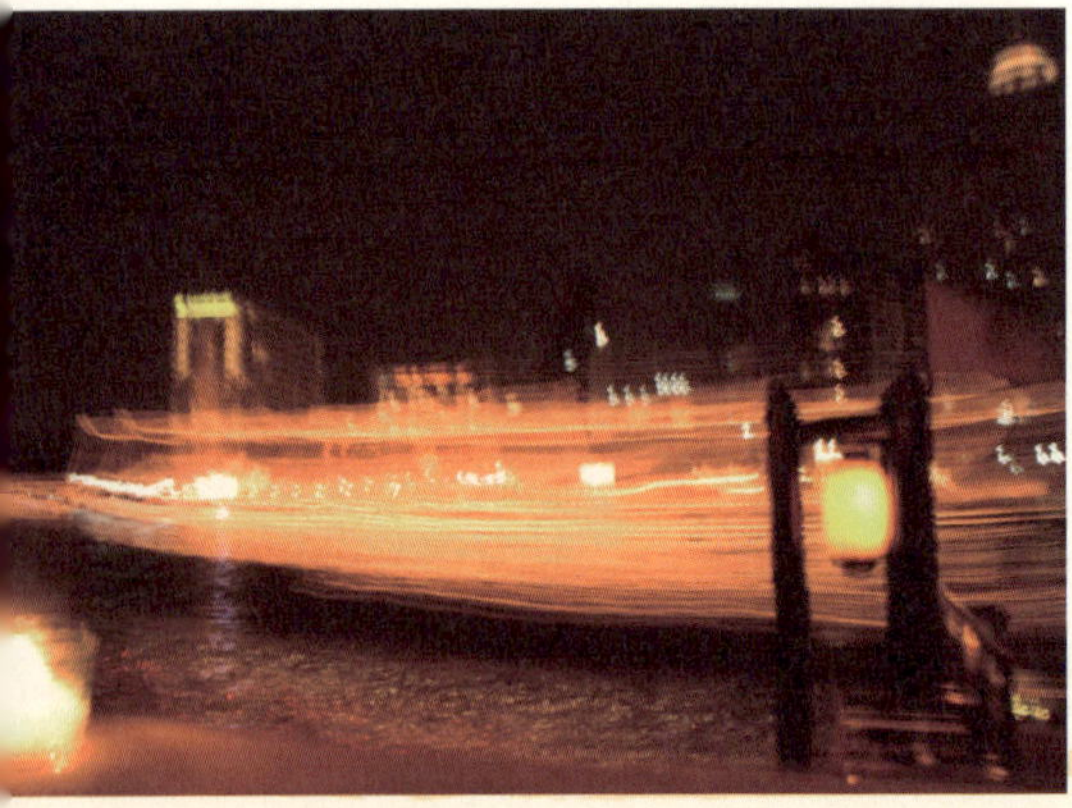

に任せるが、一旦参加すると決めたら自分をさらけ出す約束をしてほしいと彼女が言い、そして最終的に十三名で行なうことになりました。

方法はいたって簡単でした。まず三メートルほど距離を置いた二本の平行線を床に引き、そのうちの一本の線に全員が立たされました。そして〝線を越える〟という題名の通り、進行役の人の言葉に当てはまる人だけが、もう一本の線まで歩き、当てはまらない人はそのまま立っていて、お互い向き合う。そしてそれぞれ向き合う相手の目を見て、また元の線に戻ってくるというルールでした。

「男性の人」と言われれば、女性はそのまま線の上に立ちつづけ、男性だけが向こう側にある線まで歩いていき、お互いに向き合う。当然その瞬間、目の前に見えるのは異性の姿だけ。横を見わたせば、同じ女性の姿がありました。その時に進行役の人が必ず一言、線を越えていった人たちに、心に残るメッセージを送ります。例えば男性にでしたら「昔から男性は、家族を守る役割として生まれてきて、その存在に感謝しています。また男だったら泣くな、男なら我慢しろ、強くなれと、男性であることによって強制されてきたこともあると思います。でも、男性である前に私たちは人間であり、時には我慢せずに弱くなってもいい、ということも知っていてください」というように、何かしらのコメントが入ります。その間、互いに目を配らせながら微笑み、男性はまた戻ってきます。「アジア人」「二十五歳以下」「既婚者」と呼ばれるたびに、当てはまる人は線を越えてはメッセージを伝えられ、また帰っていきます。自分が線を越え、反対側の人と向き合う瞬間は、何となく不思議な感じがするものでした。なぜなら、そのカテゴリーで相対する者と向き合うと、そこに見えない境界線を感じるからです。でも最初は、内容が内容だけにお互い微笑み合い、手を振ったりしながら線を越えていくのを楽しんでいました。

でも次第に、内容がどんどんシビアになっていきました。「自分の外見で差別された経験がある人」「両親が離婚している人」「自分の体型にコンプレックスを感じたことがある人」……皆の顔から笑顔はなくなり、線を越えていく人は顔を上げなくなっていきました。そしてある時点から私は一切動かず、ただ線を越えていく人を見つづける立場になっていました。

「身内にＨＩＶ感染者がいる人」「家族が貧乏だったため、夜、空腹のまま眠る日々を過ごしてきた人」「警察に不当に逮捕されたり、暴力を受けた経験がある人」「戦争で身内を殺された人」

無言で線を越えていき、涙をためながら目の前に立つ男女の顔を見るのは本当に胸が締めつけられる思いでした。さっきまで共に平和について話し合い、お互いの信念を理解し合い、意識も全く一つで共に笑い、ふざけ合い、全く一緒と思っていた仲間たちが、日本人の自分には想像もつかぬ、辛い苦しい体験をしていたのです。皆のことは大体把握できたと思っていた自分の浅はかさが恥ずかしくなりました。と同時に、皆が苦しんでいる姿を見ても何も出来ず、ただ無力に立ちつづける自分が情けなくて涙が止まりませんでした。

すべての題材が終わり、今度は皆が一つになってそれぞれが言いたいこと、伝えたいことを順番に話していきました。多くの人は、自分の辛い体験を皆ともっとシェアーしたい、とその時の経験を詳しく、涙を流しながら話していました。そして自分の番になり、私は謝らずにいられませんでした。私は辛い体験をしたから泣いているのではなく、自分が元の線に立ちつづけ、辛い体験をしてきた人をただ見ていることしか出来なかったことに対して、そして皆が線を越えなくてはいけなかったことに対して、本当にごめんなさいという気持ちで一杯であったことを伝えました。そして私の胸の内を明かしました。それは昔から自分の中にあった葛藤で、何の苦しい経験もしたことがない、戦争も、貧困も経験したことがない自分が、本当に人々に平和を訴えつづけていいのかと。これまでにも多くの人々と平和について語ってきたけれど、そこに至るまでの経験がはるかに異な

り、「平和」という単語一つにしても、その重さが違う。自分の中にある思いをすべて伝え、最後にもう一度ごめんなさいと謝りました。これは、私個人というよりも、人間として、そしてこういうことがまだ起きている社会を代表して、こみ上げてくる思いでした。

しかしその後、多くの人が私にいろいろな言葉やメッセージを語りかけてくれました。すべてが有り難く、申し訳なく、畏れ多いものでしたが、その中で私の魂を特にゆさぶる言葉をくれた人がいました。

アフリカ人の青年が、話したいと私の側に来てくれました。彼は何度も何度も、私の前で線を越えていきました。そんな彼が真っすぐに私の目を見つめて、こう言ってくれました。

「由佳、由佳の存在は光と希望そのものなんだよ。僕や、アフリカの多くの人にとって由佳の存在は平和そのものなんだ。確かに僕たちは辛い経験をしてきた。そして、平和を築きたいと必死に思うけど、それは光そのものではないんだ。平和そのものではないんだ。由佳の存在が平和への希望となることを知っていてくれ。僕たちの勇気となることを決して忘れないでくれ」

これを私は、私個人に贈られた言葉ではなく、平和の中で生きる日本人に言われた言葉として受け止めました。私と同じように、自分にはその資格がない、権利がない、と思う日本人も少なくないと思うのです。でも、辛い経験をしたということだけが、平和を訴える資格にはならないのだと。平和の中に生きながらも、いえ、生きるからこそ、この世で出来ることもあるのだと。経験がないからと卑屈になるのは、もう卒業しよう。それは自分自身に対する弱さであり、頭と知識のみで考えた机上の理屈であるのだと。

経験していないと、分からないことがあり
経験していないからこそ、分かることもある
経験していないと、出来ないことがあり
経験していないからこそ、出来ることもある
でもすべての経験をすることは誰も出来ない

だからこそ、自分の経験や環境を通してすべての人の平和を願い伝えていかなければならないのです。そう考える余地を、彼は私に与えてくれました。何よりも、より多くの人々がお互いの経験から学び合い、協力し合い、支え合い、相手のことを思いながら、よりよい世界を築いていく努力をしていくことが大切なのだと。誰もすべてを経験することが出来ないからこそ、相手の存在と意見が大切なのです。だからこそ、自分のカラーと体験に、そして恵まれている環境に心から感謝し、大切にしながら、その中で最大限できることをしつづけよう。自分自身の中でそう誓う勇気を彼は私に与えてくれました。

The world today is slowly turning into a global village; you don' t have to live in a conflict area where humans kill each other or a family where children spend days without having a meal to understand that you have a role to play in contributing to peace.
It takes someone with right understanding, strong will/belief, vision and commitment to contribute towards a peaceful world. We can all contribute to peace through daily acts of goodness regardless of whether we are someone or not, whether we have or not.
It' s my wish that people find the courage to continue, even when it seems impossible or far fetched, know that we are all agent of peace.

～ Julius Magala ～

世界は、今、ゆっくりグローバルビリッジ（地球村）に変わりつつあります。私たちそれぞれが平和に対する役割があるということを理解するために、私たちは人間が互いに殺しあう争いの世界に出かけて、そこに住む必要はありません。また世界の平和に貢献するために、子どもたちが食事をとることなく日々を過ごす世界に生きる必要もないのです。

平和な世界の創造に貢献するには、正しい理解、強い意志と信念、ビジョンとコミットメントが必要です。そして、私たちは全員、日々のよき行為を通して平和に貢献することが出来るのです。誰か特別な人であろうがなかろうが、富めようが、なかろうが関係ないのです。私は、人々が世界の平和に向けて貢献をしつづけることを願っています。それが時に不可能で、到底叶わないように思えても、やりつづける勇気が湧きつづけることを願っています。私たちは皆、平和の使者であるということを忘れないでください。

～ジュリウス・マガラ～

Crossing the line

2 成績

たいへんよくできました

できました?

もうすこしがんばりましょう

私は小学校時代の四年間をアメリカで、中学校時代の二年半をドイツで過ごしました。幼少の頃の海外での経験は、今では本当に私の大きな原点となっています。アメリカでは自分の意見を持ち、きちんと主張することを教えられました。ドイツではインターナショナルスクールに通っていたので、さまざまな国籍、宗教、文化の人々と共に過ごすことによって、自分のルーツや多様性について学ばせていただきました。

日本ではすべて皆と一緒、同じであることで、守られている気がしていました。アメリカに行く前の私は本当に気が小さく、真面目な子だったと聞いています。幼稚園に登園する時に、まだ雨も降っていないのに、他の幼稚園生が傘を持っているのに自分は持っていないと言って大泣きをし、幼稚園に入ることを拒みつづけたこともあるそうです。しかしアメリカの教育を受けた後の私は、人と違うことに恥ずかしさを持たなくなっていました。高校時代、友人たちが可愛い傘を持つ中、一人ビニール傘を持っている自分を見ても、何とも思わない自分に、改めて人間は変われば変わるものだなと実感しました。

しかしそんな中でも一番大きな学びは、自分に対する評価でした。小学一年生でアメリカに行き、そこで私は優等生のように扱われました。もちろん最初は英語を一切話せず、英語が理解できるようになるまではそれなりに大変なこともありました。例えば、イギリス英語の先生が〝You cant…（ユーカント）〟「……をしてはいけないよ」と言われるたびに、私は「由佳」と呼ばれていると勘違いしていました。そのため、そのあと皆が笑ったり、静まりかえるたびに、自分について何を言われているんだろうと毎回不安になっていたのを覚えています。しかし子どもは適応力が早く、気づいたらお友達も出来、英語もいつの間にか話せるようになっていました。英語が話せるようになると、アメリカの学校は日本と比べて算数などの進みが遅いので、当たり前のことをしてもすごいと褒められるようになりました。その他の教科も、特に努力もせず普通にしていれば、良い成績を取れました。しかし、五年生で日本に戻ると、状況が一変し、劣等生となりました。四年間、大した勉強もせずに遊んでいた私は、漢字は出来ず、日本の地理も歴史も全く知らず、算数はレベルが高すぎて本当に辛い思いをしました。いくら勉強しても成績は一向に上がらず、そもそも勉強の仕方

が分からないという状況でした。授業ではいつもビクビクし、いつ当てられるか不安で、恥ずかしくて、自分は本当に頭が悪いんだ、そう思わずにはいられませんでした。それでも何とか授業に付いていき、小学校を卒業したら今度はすぐにドイツへ行きました。すると、ドイツで私はまた優等生になってしまいました。ドイツでは、アメリカのように遊んで暮らすということは出来ませんでしたが、学校では自分の頭で考えることを大切にしていました。ですから、歴史にしろ、生物にしろ、自分はどう考えるか、あるいは、どうしてこういう状況になるのかをいつも問われていました。また政治の授業でも、クラスを二つに分けてディベートをするということも頻繁に行なわれていました。もちろん本来の自分の主張と反対のチームに入れられることも多く、そのことによって双方から物事を見る力が養われていったのだと思います。一つの答えを探し出すのではなく、そのことについてよく考えること、そして一人一人の答えを大切にするという授業が私にはとても合っていました。多くの刺激を受け、楽しみながら学ぶことが出来、また学ぶことが楽しかったために、成績もより良くなっていったのだと思います。

しかしその後、日本に帰国するとまたもや劣等生に逆戻りでした。でも、本当に有り難いことに、私の周りにはクラスどころか学年トップの優秀な友人が多かったのです。どうしようもない私を見ては「由佳、ちゃんと勉強してる?」「きれいにノートをまとめたからって、勉強した気になっちゃ駄目だよ? ここ暗記した?」「ここは絶対テストに出るよ」などなど、たくさんの友人の助けのお蔭で、なんとか勉強方法を習得していきました。そして、たとえ失敗し、試験で悪い点数を取っても、今度は自分はバカだと思わなくなっていました。場所によって求められているものが違い、それに応じた勉強をしなければいけない。それがズレれば成績は悪くなるし、合えば成績は上がるということを理解したのです。

学生にとって成績表は、ある意味、自分のすべてであります。自分は出来るのか、出来ないのか、人間としての評価をされているような気持ちになります。でも、さまざまな成績表を持ったお蔭で、それも一義的な評価に過ぎないということを学べたことに、本当に感謝しています。私という人間、あるいは私の中にある能力は何一つ変わらないのに、私の評価というのはこうも変わりうるのだということを知りました。もし私が日本で、ずっと成績の悪い劣等生としての経験しかなかったら、私は本当に駄目で出来の悪い人間なのだと思いながら生きつづけていたと思います。

だから私は、成績がすべてだと思わないでね、と多くの学生さんたちに伝えたくなります。年表を丸暗記できるから、人間として良いわけではない。また自分の考えを上手く主張し、ディベートが出来るからといって、優秀な人間になるわけではない。成績は学業を評価し、自分の勉強を促進するためには必要なツールかもしれないけれど、人間としての評価ではないということを忘れないでほしいと思います。成績が悪いからバカなのではない。出来ないのではない。やり方が間違っているのかもしれないし、暗記には人一倍の努力が必要なのかもしれない。でもバカでは決してないのです。バカだと思って諦めてしまうことのほうがいけないのです。天才も優秀な人も、少なからず努力しているのです。何もしないで天才になどなるわけがないのです。大した勉強もしないで、自分はバカなのだと思い込んでいた昔の自分にそう言ってあげたいです。

そして何よりも、人間として大切なものは心だと思います。相手の気持ちを思いやれること、愛を持って人と接せられること、諦めずに努力して頑張れること、信念を持ち行動していくこと、夢と希望を持ちつづけて生きていくこと。人間として一番大切なのは心であり、それに基づいた行動だと思います。

そして知識ではなく体験が人間を作るのだということも強く感じます。私はさまざまな経験をさせてもらえた幼少時代に感謝しています。どんな体験であれ、それを乗り越えた時、それは将来の自分の大きな財産となり、強みとなることを教えてもらいました。ですから私は評価よりも、あらゆることを一つ一つしっかりと乗り越えていける力を大切にしたいと思うのです。

I have been meditating on something this last week about abundance - all kinds of abundance or wealth. "Abundance isn't something you create, it's something you acknowledge" that message says that we are infinite in our gifts and wealth, in our abundance. we don't need to become something that we aren't already, we only have to acknowledge the wisdom, the creativity, the love and the joy that we already are! we are as tall as a mountain and as vast as the sea, as expansive as the branches of a tree!

～ Brian Dickson ～

私は、先週、「豊かさ」について考えていました。いろんな種類の豊かさについてです。「豊かさとは、あなたが築きあげるものではなく、あなたが認めていくものである」と言った人がいます。それは、私たちには、すでに無限なる豊かさが贈り物として授けられている、ということを意味しているのです。豊かさを得るために、私たちは今以上のものになる必要はないのです。私たちの中にある叡智や創造力、愛や喜びを認めればいいだけなのです。私たちはすでに、山のように高く、海のように広く、そして、木の枝のように伸び盛り、広がった、豊かな存在なのです。

～ ブライアン・ディクソン ～

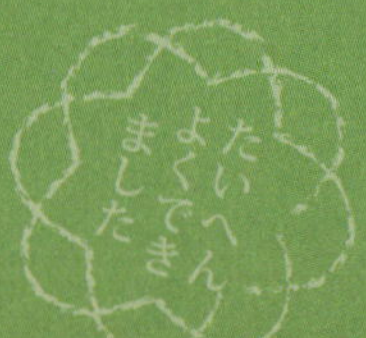

3 太陽

私には心底、信じて譲れないことがあります。それは、人間はみな肉体とは別に魂があり、その魂は神そのものであるということです。神そのもの、という言葉に抵抗をもたれる方も多いかもしれませんが、私はそれを心から信じています。

アフリカのガーナを訪れた時に、ガイドの方がこう話してくれました。

「私たちの部族（民族）は古来から、すべてのものに神が宿っていると信じています。もちろん私たち人間もそうですが、動物も、木も、人間が作った机や椅子にも神が宿っていると信じています。だからすべての命に対して敬意を持って接し、すべてのものを大切に扱うのです」

これは日本人の古来の考え方に通じるところがあると思います。しかし、いつの間にか、「神」という言葉の持つイメージが、人々の中で、それぞれの時代や国の歴史や状況によって、作り上げられていったのだと思います。そういう意味で、私の言う「神」は、一神教の作り上げた「神」……いわゆる天国や地獄を決めるとか、

唯一絶対なる存在とかではなく、もっと大自然の中に存在する、大宇宙の中に存在する法則であり、原住民の方々の使う「神」に近いのだと思います。海外でもgodという言葉は宗教の色が強すぎるため、source（全ての根源）やdivine（神）という言葉を使ったりします。そうしたすべての中に流れている命の根源という意味での神の存在を、私は一人一人の中にも感じるのです。

太陽がそのことを私に教えてくれた気がします。太陽の存在は周りのすべてを暖かくし、明るく地上を照らしてくれます。そして、その光はすべての命の源であります。でも、雲がその太陽を覆うと、私たちは太陽の存在を見ることも、感じることも出来なくなってしまいます。その雲が太陽

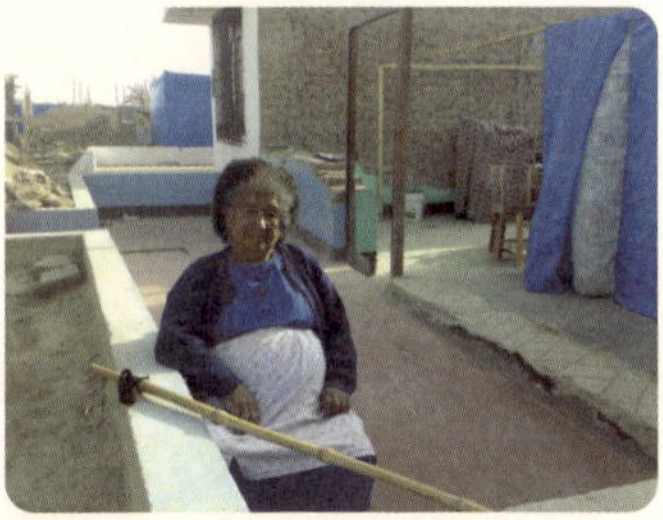

の光を遮ると、周りは一瞬にして暗く、肌寒くなり、辺りが見えなくなってしまいます。でも大切なことは、どんなにお天気が荒れようと、黒い雲が空一面を覆おうと、雲の上では変わらず太陽が燦々と輝いているという事実です。どんなに黒く、厚い雲が覆っていても、それによって太陽が汚されたり、その光が弱まることは一切なく、それは別の次元で存在しているのです。

私たち人間も、まさにそんな太陽と同じなのだと思います。私たちの中には太陽のような常に燦々と輝く魂が存在しつづけているのです。その魂は光と愛そのもので、純粋で、完璧で、神と全く一につながっていると私は信じています。そして魂そのものは神と全く一つだと……。

地上に住んでいると、日々天候が変わるように、私たちもこの肉体を持って生きている限り、いろいろな状況が私たちの目の前に現われては消えていきます。それは天候を見ても分かるように、時に雨であったり、雪であったり、日々変わっていきますが、それらは一時的な現象にすぎないのです。天候や現象は常に変わっていきます。苦しみや喜びなども天候と同様に、現われては消えていく現象なのです。永遠のものではなく、あくまで一時的な現象なのです。それと同時に、現象には一切影響を受けず、存在しつづける太陽や魂もあります。それは永遠で普遍なるものです。

一時的な現象を摑んでそれを自分だと信じるのか、普遍で絶対なるものを摑んで自分だと信じるのかは、人それぞれの判断であり考え方次第です。ただ、日々変わる現象を摑もうとすると不安が増えていきます。明日は雨が降るかもしれない、台風がもうすぐ来るかもしれない。それに把われ

ると、心は休まることがなく、常に天気予報に一喜一憂してしまうのです。しかし、絶対なるものを摑んでいると、安心感が増すのは事実であると思います。なぜならどんな天候でも、その上では暖かく明るい太陽が輝いているということを知っているからです。たとえ台風が来ようが、嵐になろうが、それに限りなく備えておき、あとはそれが去っていくのを待てばいいだけなのです。その上に存在する太陽だけを見つづけ、いずれは必ず良くなるという安心感と、それを摑み信じる心が自分を強くしてくれます。しかも、そういう心でいると、通りすぎる嵐や雷からも、大きな学びを摑めることがあります。

魂は太陽と同じで、何にも冒されることも傷つけられることもなく、完璧な光と愛そのもののまま、私たちの肉体の中で輝きつづけます。でも、私たちの意識、知識、考え、行為と経験が、時に黒い雲のようにその存在を掻き消してしまうことがあります。だからこそ、私は現われる現象を摑むのではなく、永遠に変わらぬ真理を、内に存在しつづける太陽を摑みつづけていきたいと思うのです。

もちろん雲が少ない人の暖かさや光は、すぐにでも感じることが出来ます。が、黒い雲で覆われている人の暖かさや愛はなかなか感じることが出来ません。でも、愛や光が存在しないわけではないのです。誰の奥底にも全く同じように、キラキラ輝く愛と光が存在しているのです。ただ、厚い雲が空を覆い、地上に太陽の光が届かなくなってしまうと、私たちは太陽の存在を忘れてしまうように、心の中に大きな雲があれば魂の存在を信じられなくなってしまうのだと思います。

でも雲の間にほんのかすかでも、隙間を作ることが出来たら、太陽の光や暖かさは十分に感じられるように、私たちの奥底で愛と光そのものとして存在しつづける魂を感じるには、きっかけを与えてあげればいいのだと思います。それにはさまざまな方法があると思いますが、まずはやはり自分を見つめ、自分自身を知ることから始まるのだと思います。現われる現象だけに把われず、人も状況も、自分も、必ず変わっていく事実を知ることだと思います。その中で唯一変わらないことは、すべての人の中に美しい魂が存在しているという事実だと私は信じています。

Our soul is pure beauty by nature. All it is asked from us it that we remain true to the beautiful essence of our soul. Be authentic to yourself and in your relationships and you will shine your inner beauty to the world.

〜 Augusto Cuginotti 〜

私たちの魂は、本来、純粋で美しいものです。そして私たちに、唯一求められていることは、その魂の美しい本質に忠実であるということです。自分自身に対して、そして、人々との関係においても真実でありさえすれば、あなたはその内なる美しさを、世界に輝かせてゆくことでしょう。

〜 アウグスト・クギノッティ 〜

4 ネイティブアメリカンの話

ある友人が次のような話を聞かせてくれました。

「あるお年寄りのインディアン（アメリカ大陸の先住民族）のおじいさんが、孫にお話をしていました。それはある場所で起きていた戦いのお話でした。一方の軍は愛、優しさ、赦し、希望の軍でした。もう一方は憎しみ、怒り、嫉妬、悲しみの軍でした。その二つの軍が衝突しはじめたというのです。孫は目を見開き『で？　おじいちゃん、どっちの軍が勝ったの？』と聞くと、おじいさんは少し黙った後にゆっくりと微笑みながら言いました。『それはおまえさんが食料を供給するほうだよ』と。」

私はこのお話が大好きです。正義は必ず勝つと、そんな結論だとどこかで思いながら聞いていたので、その結末にハッとさせられたことを覚えています。軍隊は、食料がより多くあり、エネルギーを供給されつづけたほうが勝つ。それと同じように、私たちの中でも、エネルギーを与え注ぎつづけたものが必ず勝つのです。

今は「情報の時代」と言われ、インターネットで検索すれば、さまざまな情報を得ることが出来ます。例えば人生は素晴らしいと検索すれば、それを裏づける話や、それを支える情報が何万と出てきます。と同時に、人生は不公平だ、意味がないものだと検索すれば、同じようにそれを裏づける話や、支える情報が何万と出てくるのです。でもその時点ではまだどちらが正しい、間違いというのはありません。ただ、自分がどちらかを摑んだ瞬間に、一方が正しくなり、一方が間違いとなるのです。私たちは自分が選んだほうに、力を与えることになるのです。自分がエネルギーを注ぎ、摑んだほうが自分の中で勝つことになるのです。そういう意味で、自分が何に重きを置き、どこに基準や価値を置くのかが、私たちの選択においては、とても重要になってくるのです。

—憎しみ、悲しみ、不信、不安を摑むのも自分。

—愛、感謝、赦し、悲しみを摑むのも自分。

忘れてはいけないことは、先ほどの言葉のように、正義が必ず勝つのではない。愛が絶対的に強

いのではない。自分が意識を注ぐほうが必ず強くなる、ということなのだと思いました。例えば自分が悲しみを摑み、そこにエネルギーを注ぎつづけ、結果、悲しみが自分の心を占めていき、希望が見えないと絶望しているのでは、自分のエネルギーを注ぐ方向を間違えてしまったことになるのだと思います。愛が勝つには、赦しが心を占めるには、そこに自分自身が努力とエネルギーを注がなくてはいけないのです。ですから愛を摑もうとして、でも次の瞬間に裏切りを体験して、愛なんてもう信じないと愛を手放し、憎しみを摑むのも、それもまた、その瞬間の自分の選択であり、エ

ネルギーが注がれる方向は、その自分の選択の通りに変わるのです。大事なことは、私たちの人生は、その一瞬一瞬の選択の繰り返しであり、その選択で私たちは自分の向かうべき方向を決めているということです。そしてエネルギーを注ぎつづけたほうが必ず勝つという事実であります。

どんな状況であろうとも、愛を信じ、平和に意識を注ぎつづける人々は、最終的には自分自身が愛そのもの、平和そのものの姿になるのだということを、私の周りにいる人々が見せてくれています。状況が人から愛や平和を奪うのではないのです。どんな状況にもかかわらず、愛を摑み、平和を信じつづけることが出来る人々がいます。どんな環境にもかかわらず笑いつづけ、希望も見つづける人々がいます。そして、そういう人の心の中は、最後に必ず愛と希望が勝利するのです。なぜならその人の心の中には一瞬一瞬に愛と平和が、希望と笑いが満ち溢れているからです。毎日の小さな幸せと喜びの積み重ねが、そのような未来を創っていくのです。

I' m Fraide Emmanuel Kibibi, male Ugandan born in Democratic republic of Congo I have meet and gone thought lots of challenges growing up as orphans but my principal which has kept me moving is to know my back ground and to love and respect every body in this world.

At the moment my family is in the refuge camp after wars in DR Congo and in camps there are lots of problems. Where you find one person is living near the person who say killed his father and people who collaborated with rebels with that many had started killing each other again. And youth engaging in drugs, rape , increased cases of young widowed mothers but I share with them my story and advise them to live happily and in harmony because it can be vice versa

One advice to youth is that when you are young you should never laugh at lame/crippled person you never know what tomorrow has for you and that makes me appreciate everybody in what situation they are in. Also to think positive, be focused smile show love and kindness and help who ever you meet in this world. One person can make great change in society when you show love, kindness and peace.

~ Fraide Emmanuel Kibibi ~

私は、フライデ・エマニュエル・キビビといいます。ウガンダ人の男性で、コンゴ民主共和国で生まれました。私は、孤児として多くの困難の中で育ちましたが、私の人生を突き動かしてきた源は、私のバックグラウンドを知ることと、この世界のすべての人を愛し、敬うということです。

コンゴ民主共和国での戦争が終わり、現在も私の家族は避難キャンプで暮らしています。そのキャンプには、たくさんの問題がありました。隣に住む人が父親を殺した人だと言ってくる人、反乱軍と協力した人々、その後多くの人がまた殺し合いをしたとのこと。麻薬やレイプにかかわる若者、多くの未婚の母。私は、彼らに私自身の実体験の話をし、皆で仲良く平和に暮らしてゆこうと話しました。

もし若い人たちへ一つアドバイスをおくるとしたら、こう言いたいと思います。若いあなたは、足の不自由な人、または、不自由にされた人を決して笑ってはならない、ということです。明日あなた自身がどうなっているか分からないからです。このことは、さまざまな状況にあるすべての人に当てはまることだと思います。そして、ポジティブに考えること、いつも笑顔でいること、親切で愛深くあること、誰であれこの世で出会う人すべての手助けをすることです。最後に結論として、愛と親切さと平和な心を現わしてゆくことにより、一人であっても社会に大きな変化を起こしてゆくことが出来るのです。

〜フレイデ・エマニュエル・キビビ〜

5 涙の別れ

私には、愛してやまない姉が二人います。二人は私の大切な親友であり、尊敬する先輩であり、頼れる同志であり、悩み相談室であり、そして時には妹のようでもあります。幼い頃から共にいろいろなことを三人で乗り越え、仕事でもプライベートでも支え合い、すべてを共有してきました。

同じ両親から生まれた三人ですが、性格も考え方も全く違います。一番上の姉の真妃は私が心から尊敬する、大好きな頼れる姉です。知的で、優しくて、しっかりしていて。でもイタズラ好きだったり、誰よりも無邪気で幼かったり、肝心な所が抜けていたりします。そのため、たまに思いもよらない反応や言動に大笑いさせられてしまいますが、そのギャップがまたとても愛らしい存在です。

二番目の姉の里香は私が慕い憧れる存在で、小さな頃から姉の後を付けては、「ねぇねぇ、里香ねーね!!」とはしゃぎ、ケラケラ笑ってふざけ合っていました。家族や愛する者を守るためならとても強くなり、必ず味方になってくれる!そう思わせてくれる頼もしい存在です。でも自分のことになると、とても繊細で、守ってあげなくてはと思わせられる不思議な存在です。

そんなふうに違う三人なので、どうしてそんなにも仲が良いの？　と、よく聞かれます。違うからこそ仲が良いのかもしれませんが、その理由の一つには両親の育て方が大いにあると思います。両親は、それぞれの違いが素晴らしいと教えてくれ、自分のカラーを大切にさせてくれました。三人を比較するようなことは一度もなかったので、相手の素晴らしいところは決して自分の脅威にはなりませんでした。相手にあって自分にないものは相手の長所であり、それが自分の欠点だとは思いませんでした。お互いがお互いのカラーや違いを認め合い、感謝し合うことを、両親が自然と教えてくれたのです。

そして、もう一つの理由としては、上の二人が良かったからだと思います。上が下を大切にすれば、兄弟は仲良くなる。これは私の持論ですが、下というものは遺伝子の中に上を慕うことが組み込まれているように思うのです。生後八ヵ月になる姪を見ていても、上の兄妹の存在に興味を示し、大好きでたまらないという笑顔を見せます。下が上を慕うのは間違いないのですが、だからこそ、その下を上がどう扱っていくかがキーになると思うのです。なので、上が下思いであれば、兄妹仲が良くなる。あくまで個人的な意見ですが、少なくとも私たち姉妹に関してはこれがとても大きい要素だったように思います。

しかし小さい頃はもちろん、たくさん喧嘩をし、たくさんの涙もお互いに流してきました。喧嘩中どうしても勝てない場合、泣いて親に訴えるという手段は我が家では通用しませんでした。なぜなら「子どもの喧嘩に大人は口を挟まない」が両親の基本的な姿勢で、助けを求めても相当なことでない限り、その一言で終わってしまうのでした。そのため、どうにも勝てない場合は姉の腕や手を噛むというのが私の最終手段でした。子どもなりによく考えたものだとは思いますが、卑怯な手で姉たちを泣かせていたことを改めて反省しています。

他にもたくさんの涙がありましたが、別れの涙にはいつも胸が詰まりました。二番目の姉はアメリカの大学院に進学したので、一時帰国をしては渡米するという期間が続き、その時々の別れは本当に寂しいものでした。たかが知れた期間かもしれませんが、離れた国へと姉を見送るのは悲しさで一杯でした。

そんな中でも、今でも忘れられない別れのエピソードは、三重県で研修医をすることになった一番上の姉との別れでした。当時大学四年生だった私は、時間的にも余裕があり、新しい生活を始める姉の引っ越しを手伝い、最初の一週間だけ一緒に暮らしました。一週間はあっという間に過ぎ、駅でお別れをする時の姉の寂しそうな顔は今でも覚えています。これから見知らぬ土地で、一人で

激務をこなさなければならない姉の不安と緊張が伝わってくるようで、それを思うと胸が切なくなってしまいました。笑顔のまま大粒の涙を流す姉の姿を見て、私も涙が止まりませんでした。

改札口でお互いに泣きながら手を振り、私はホームを探し電車に乗り込みました。電車の中で姉からもらった手紙を開くと、そこには素敵な言葉と国家試験の時にはめていた指輪がお守りにと入っていました。私は電車の中でも涙が止まらず、号泣していました。約二十分が経ち、ようやく涙も落ち着き顔を上げると車窓からは本来見えるはずのビルの群れはなく、見渡す限り田んぼが広がっていました。……そうなのです!! 私は逆方向の電車にずっと乗っていたのでした。

劇的な別れをしてから一時間後、私は普通にその現場を通りすぎるはめになってしまいました。それは何とも言えぬ複雑な思いでした。姉と別れた改札口を眺めながら、「真妃姉、由佳またやっちゃったよ。実はまだ真妃姉と別れた駅にいるよ」と心の中で呟いていました。でも、今はそれを姉には伝えられない……あのお別れの後にそんなことは、言えない。そう思いながら、心の中で頑張ってね!! と姉にエールを送りました。でもその時、自分が一番頑張れよと言いたくなりました。あの時、本当にエールが必要だったのは、私のほうだったのかもしれません。

姉たちとのエピソードは他にもたくさんありますが、これからも一緒にたくさん笑い、泣き、喧嘩も、失敗も、時にバカもしながら、共に成長していきたいと思います。三人で、お互いがお互いを助け合い、補い合い、刺激し合い、同じ目標に向かって歩んでいけることを心から幸せに思っています。私は二人がいてくれるから存在できると思っています。二人が一番側で私を見守り、導き、支えてくれるから、私は頑張れます。二人が私の欠点を補ってくれて、私の可能性を信じていてくるから、私は安心して自分らしくいられます。私には二人がいてくれれば、どんなことも乗り越えていけると信じています。

Look within !

～ Peter Mücke ～

あなたの内側を、見つめてください！

～ ペーター・ミュッケ ～

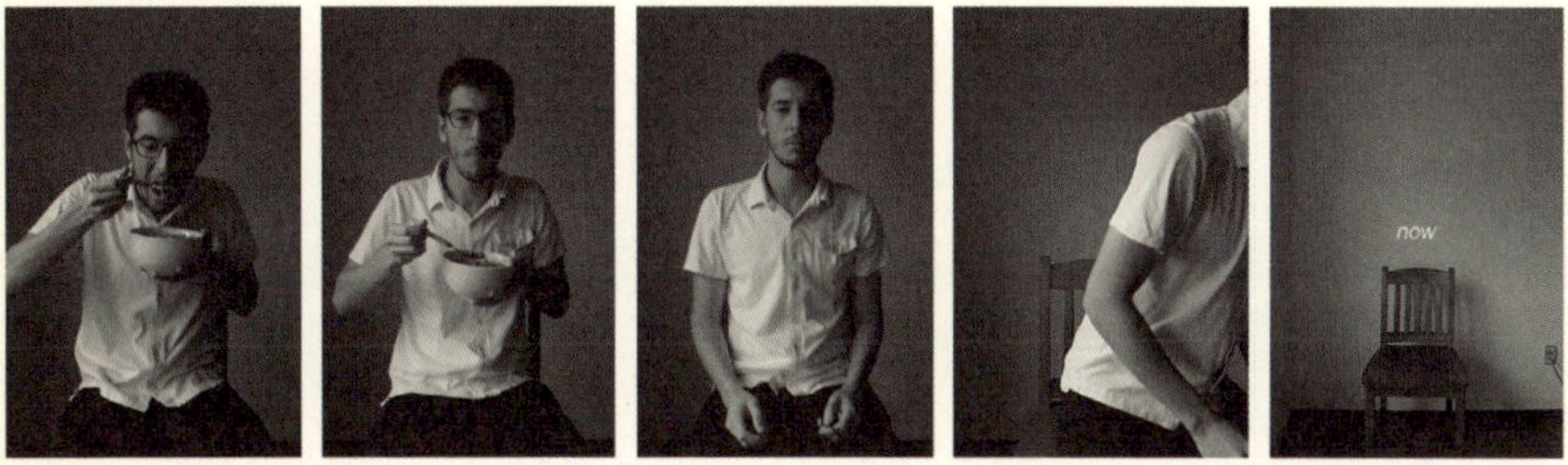

6 思考回路

私の思考回路は少し変わっているのかもしれません。それに気づいたのは、小学生の頃でした。家族でお買い物をした時に、ある男性が物を盗む瞬間を目撃しました。きっと、きちんとした思考回路の持ち主ならば、その状況を的確に判断し、行動するのでしょう。正義感のある人は警察を呼ぶでしょうし、とりあえず見ないふりをして逃げることも身を守る上で得策でしょう。人によっては、行動の前に感情が先に働くかもしれません。イケナイ！　という思い。怖い！　危ない！　という恐怖感。

しかし私の場合は、行動よりも、感情よりも、なぜ？　という疑問が頭をよぎりました。彼はなぜ物を盗んでいるのか。彼は生活に困っているから？　それとも誰かにやらされているから？　あるいは心が病んでいるから？　私はもっと彼を知りたくて、少し怖いその彼をじーっと見つづけていました。このような思考回路だから、私は人に変わっていると言われるのかもしれません。でも、彼には彼なりの理由があるのだろうと思ったのです。法を犯すことに良い理由なんて一つもありませんし、その行為は間違っています。でも、今現われているその一瞬だけの現象だけを見て、その人を判断することは出来ないとも私は思っています。ですから判断する前に、もう少しその人のことを知りたいという気持ちが出てきてしまうのだと思います。

何事においても、その瞬間だけを見て、他人を批判することは本当に簡単なことなのです。でもその奥には必ず原因があり、歴史があり、その人の中での理由があるのです。だから良いとか悪いということではなく、そこに想像力を働かせることを大切にしたいと私は思っています。

今挙げたことは一つの例ですが、それ以外にも、私はいろいろな場面で想像力を大切にしています。私は絶対そんなことはしない!! の一言で済ませることは簡単です。しかし、それが対立や差別を生むのです。ですからそうした批判や、「普通はありえない……」の一言で終わらせる前に、まずは想像力を使うのです。普通はしないからおかしいと考えるよりも、自分の考え方には自分な

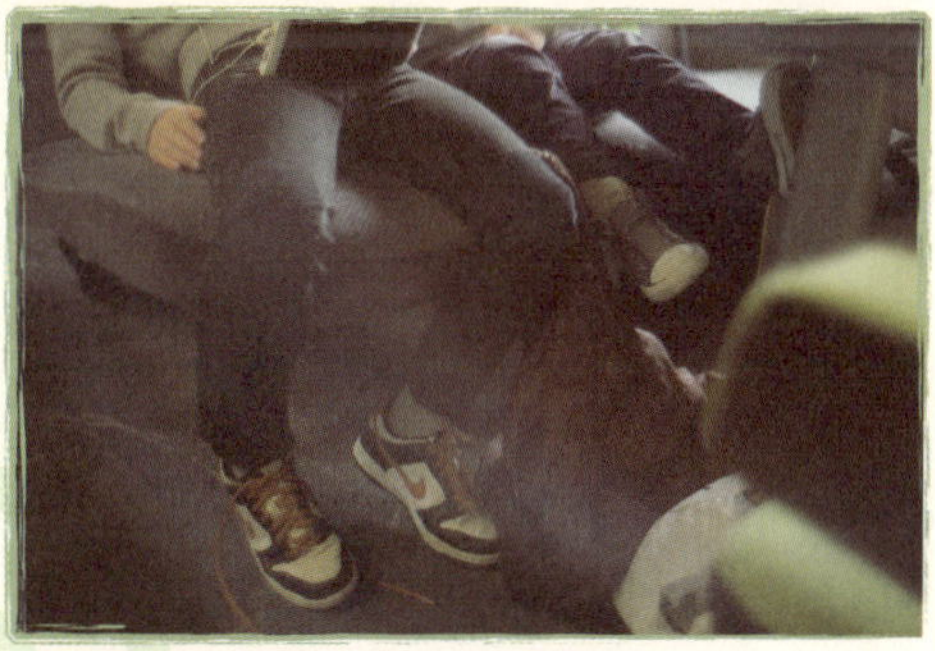

りの理由や理屈があるように、その人の考え方にもその人なりの理由や理屈があるはずなのです。いろいろな場面で、相手が何を考えているのか分からないのではなく、実はどうして相手がそう考えるのかを、自分が分かろうとしていないことがある気がします。

私たちは批判する力は誰もが十分に持っているのだと思います。誰もが誰をも簡単に批判できると思います。人気の大統領であれ、優秀な科学者であれ、美しい芸能人であれ、天才的なスポーツ選手であれ、その人たちに対してさえも何かしらの欠点を見つけて批判する能力があるのだと思います。でも、いざその人の立場に立った時に、自分はどれだけのことが出来るのか、という想像力を使うことが出来たら、そう簡単に批判は出来なくなると思うのです。

例えば、私はバレエや舞台などを見るのが大好きなので、自然と目だけは肥えていきます。その結果、最初は感動していたはずなのに、いつの間にかあれはまぁまぁだった、あそこは揃ってなかったね、と辛口評論家のように批評する。でも、そんな私も、もし前日にバレエの一日体験に行っていたら、批判どころかただただプロのすごさを強く実感するのだと思います。

時に批判することによって、自分をすごいと思ったり、優位に立った気がしたり、物事を人より知っている気になってしまうことがあります。でも、批判することは誰にでも出来るのです。それよりも大切なことは、想像力をいかして、その人のやっていることに共感し、その人の素晴らしさを純粋に讃え、感謝できる心が本当は大切なのだと感じるようになりました。それには立派な性格や性質というよりも、少しの想像力が必要なだけなのだと思います。

批判することによって、対立が生まれ、差別が生まれ、優劣が生まれます。でも、想像することによって、少しの共感と、理解と、一体感が生まれるのです。小さい頃の私の思考回路は想像力から来るものだったのかもしれません。その想像力をこれからも大切にしたいと今は思っています。

I believe that being an Israeli and wanting peace are two inseparable things. You are probably asking yourself what I mean and I will try and explain.

As we are all aware of, Israel is a small country that unfortunately knows more war days than peace. However, and no matter how it looks like in the media, the Israeli people want to live in peace. We want to be able to walk the the streets and not to be afraid of terrorism and we want to stop sending our children to the army. However, the reality is much more complicated and I myself went to the army and as much as I want it not to be true, my children will serve in the army.

All these fact do not stop different movements in Israel to work for peace or the government to do sacrifices in order to be one step closer to peace. I believe that this will happen some day with the help of more and more people all over the world working for peace in Israel and in many other areas around the world. We can not give up trying because then we will keep on living in fear and we will keep on losing the ones we love to the ongoing conflict. May peace prevail on earth

~ from your oldest best friend ~

イスラエル人であることと、平和を欲っすることは、切っても切れない関係にあります。どういうことか説明します。

皆が知っているように、イスラエルは残念なことに、平和よりも戦争を繰り返す日々のほうが多い、小さな国です。しかし、メディアではどのように見えようと、イスラエルの人々は平和に暮らすことを願っています。テロリズムの心配をせずに安心して街を歩けるようになりたいですし、子どもたちを軍隊に行かせるのを止めさせたいと願っています。しかし現実はずっと複雑で、私自身軍隊に入り、そしてどんなに強く願っても、きっと私の子どもたちも軍隊に入ることになるでしょう。

これらのすべての事実は、平和に向けてイスラエルで行なわれているさまざまな運動も、平和に一歩近づくため政府が行なっている犠牲的なことも止めることは出来ないでしょう。でも私はいつかイスラエルに、世界中で平和のために働いている多くの人々の助けを借りて、必ず平和がもたらされると信じています。それを諦めることは、私たちには出来ません。なぜなら、さもなければ、私たちはこれからもずっと恐れを抱きつづけて生きてゆかなければならないからです。そして、争いの続く中で、愛する人たちを失いつづけてゆくからです。　世界人類が平和でありますように。

～あなたの一番古い親友より～

7 愛の階段

私たちの周りにはたくさんの不安が存在していると思います。いい学校に入れるのか、リストラされないか、結婚は出来るのか、子どもは授かれるのか、老後は誰が面倒みてくれるのか。世界を見渡しても、明日の食べ物はあるのか、子どもの将来をどうするのか、隣国はいつ攻めてくるか。さまざまな不安が私たちの周りをつきまといます。自分の大切にしているもの、あるいは守るべきものが脅かされた時、対立が生じます。それらを力で食い止めなければいけないと。でも、そこには衝突があり、限界があります。また自分自身を守るために、相手を傷つけてしまうこともあるのだと思います。

世界中で今もまだ戦争が続いています。それらは「戦争対平和」という構図で捉えられますが、私は双方は対立しているのではなく、同じ階段

の違う段に存在しているのだと思うのです。私たちはみな、愛という大きな階段のどこかに立っているのだと思うのです。戦争で戦っている人も、愛のもとに戦っています。自分の家族を、自分の民族を、自分の思想を愛し、守るがゆえに、あるいは自分自身の力を、真実を愛するがゆえに、戦い挑む。それしか掴むものがなく、その視野でしか見ることが出来ないから、その道を突き進む。でも、その同じ階段の別の段に立って見てみると、見えなかった状況が見えてくるのだと私は思っています。

例えば階段の三段目に立っている人に見える景色と、百段目に立っている人に見える景色が全然違うように、それぞれ自分が今立っているレベルの範囲で愛を見ているのだと思います。

誤解を恐れずに言えば、例えば憎しみも嫉妬も、愛から来る行為なのであると思うのです。ただ、それはとても低いレベルの愛なのだと思います。まだ愛という階段の最初の数段目にあって、自分のことしか見えず、利己的な愛、自己満足的な愛しか見えない状態にあるのです。でも、その階段を昇っていくと、それ以上の愛を学ぶことが出来るようになっていくのだと思います。そしてどんどん、どんどんその階段を昇っていくと、自分の周り以外のものが見えていくようになるのです。

エレベーターに乗って上がっていくと、景色がどんどん広がっていくように、愛の階段を昇っていくと、全体をどんどん見渡すことが出来るようになります。最初は一階で見える景色がすべてだと思っていたのに、エレベーターで三十階、四十階と昇っていくと、自分がすべてだと思っていたその景色がどんどん小さくなっていく。と同時に、その周りにつながっている部分もどんどん見えてくるのです。自分がしがみついていたものが、あるいは真実だと思っていたことが、より大きな存在の一部でしかないことに気づくことがあります。自分さえがよければという思いも、視野が広がれば、自分の周りの人々についても同じように考え、見えるようになるのです。

今自分の目の前にあるものがすべてに見えるかもしれませんが、階段を一歩一歩昇っていくと、自分がしがみついていたこと、あるいはすべてと思えていたことが、大きな法則の一部でしかないことに気づくことがあると思うのです。昇ることによって、より大切なものや気づきに出会えることがあります。ですから、毎日その階段を一歩ずつ昇ることで、自分の愛が進化し、自分の愛が成長していくことがとても大事な気がするのです。きっと、イエスや仏陀をはじめ、聖人と言われる

人々は皆その階段の一番上まで昇った人々なのだと思います。でもそれは決して違う階段ではなく、皆同じ階段上のどこかしらに立っているのだと思いました。

何事もそうであるように、「今のまま」が一番楽だと思います。一歩階段を昇るには力が必要です。努力してわざわざもう一段昇る必要性は感じられないかもしれません。でもきっと努力して昇った所から見える景色は格別なのだと思います。その景色は昇った人にしか分からないのでしょうが、きっとそこに待っている景色は〝努力のかいがあった〟と思えるものなのだと信じています。そして何事も、不安を乗り越えるには、愛の階段を昇っていくしかないのだと思います。まずは自分をそのまま愛すること、受け入れてあげること。そのあとに周りにも同じよう愛を広げていく。エレベーターが上がると景色が広くなっていくように、愛の階段を昇ると、自分の愛の範囲が広がっていくのです。努力しながら、より大きなものを得て、成長していく自分を見ることが出来るのだと思います。だからこそ、私も今の場所から、一歩一歩愛の階段を昇ることを大切にしていきたいです。

The road to peace is narrow and uncomfortable for the evil at heart, but smooth and wide for the pure in heart. Knowing the path to peace is forgiveness. It is when you learn to forgive truly and forget that you start moving on the path of peace. However, your continuous exercise of the virtue will connect you to the high way of peace itself.

By this time, forgiveness will lead you to understanding the uniqueness of the humanity in diversity. Also that you will establish that there will be no need for this highway if there were no diversity of Culture, Race, Creed, Religion, Tribe and Economical, Political, as well as demographical and psychological diversities.

Your appreciation of diversity will innate tolerance of these diversities and further explain that you are not an island or a single tree, but an interconnection to all other humanity. Your acceptance of others regardless of their background, Colour, Size, Shape, Religion, and Creed, Economical or Social status increase your confidence on this unique highway.

Consequently, your knowledge will open and signal non violence to your consciousness so that you become awaken to practicing all the above virtues. Non violence will enhance your soberness and deepen your consciousness of Peaceful co existence. Now, the momentum of your movement on this highway has accelerated.

Who can travel this highway? Only the meek in heart, the humble in spirit, the bright in compassion, and the forgiven in actions, the tolerant in deeds and the non violent even in the face of hash fury.

Finally, you are the image of your words therefore, practice what you preach and live virtues you philosophize.

~ Lawrence Yealue ~

平和への道のりは、狭く、心の悪しき人には決して心地のよいものではありません。しかし、心のきれいな人には、広く、平坦なのです。平和への道とは、赦すということです。あなたが平和への道を歩み始めるのは、あなたが赦すということを本当に学んだ時です。しかし、その「赦す」という美徳を実践しつづけてゆくと、あなたはいつのまにか「平和のハイウェイ」を走っていることに気が付くでしょう。それは、平和により早く辿り着ける道です。

その時には、あなたは「赦し」を通し、人類の多様性を認めるまでになっているはずです。そして、もし人々の間に、文化や人種、信条や宗教、あるいは、経済的、政治的、さらには、人口統計学的、心理学的違いが一切なく、すべて同じだとしたら、そもそも「平和のハイウェイ」も必要ないことを知るのです。違いがあるからこそ平和も必要なのです。違いを認めることによって、あなたはその違いに寛容になり、あなたが海の孤島でもなければ、ポツンと立っている一本の木でもなく、すべての人々とつながっている存在であるということを理解するようになります。そして、バックグラウンドや肌の色、体の大きさや体つき、宗教や信条、経済的、社会的ステータスを一切問わず、人々をそのまま受け入れることによって、あなたはこのユニークな「平和のハイウェイ」の重要性をさらに確信してゆくのです。

それは、結果的に、あなたの意識を「非暴力」へと向け、あなたは善きことのすべてを実践してゆくようになってゆくのです。非暴力の意識は、あなたの意識をさらに「平和と共存」へと高め上げてゆきます。そうなると、「平和のハイウェイ」をひた走るあなたの勢いはどんどん増してゆくことでしょう。

さて、そういう「平和のハイウェイ」を走れるのは、一体どういう人なのでしょうか。それは、心の柔和な人であり、偉ぶらない謙虚な人であり、思いやりに溢れ、赦すことの出来る人であり、寛大な人であり、そして、激しい怒りのただ中にあっても非暴力でいられる人だけでしょう。

最後に、人は語る言葉のとおりになっていくと言います。それゆえ、私たちは自らが説くことを実践し、自らの理想とする善き生き方を自ら行なえるように努力しなければならないと思います。

〜 ローレンス・イエリュー 〜

ローレンスはとても聡明な愛深い青年で、私が心から尊敬する友人の一人です。彼は西アフリカにあるリベリアで生まれ、13人の兄弟に囲まれ幸せな幼少期を過ごしていました。しかし、リベリアにて13年間続いた内戦による政府打倒により、そのすべてが奪われてしまいました。1991年、彼が10歳の時にチャールズ・テイラーの勢力が首都モンロビアを脅かしました。その時、教会は安全だろうと多くの女性や子どもたちが逃げ込みました。しかし、軍人たちはその教会を総攻撃し、そこにいた人々を殺害していきました。ローレンスはその中で奇跡的に意識を取り戻し、大虐殺を乗り越えました。目の前で親を殺され一人残されたローレンスは、戦いから逃げるためコートジボワールまで歩いていきました。その後、彼はガーナで、難民キャンプで先生として働き、愛と赦しそして平和の大切さを訴えつづけています。

8 心の傷

ドン・ミゲル・ルイスという方の本にこのようなことが書いてありました。〝人が自分を（精神的に）傷つけることは出来ない。自分しか自分を傷つけることが出来ないのだ〟と。例えば見知らぬ人に突然「バカ」あるいは「ブス」と言われて傷ついた場合、その傷は相手の言葉によって生じるものではなく、相手の言葉が真実であると自分自身が信じた瞬間に出来るのであると。

私は学生の頃にそれを読んでハッとしたことを覚えています。誰しも生きていたら、辛いことも苦しいこともあります。そしていろいろな人の言葉で傷つけられた経験もあると思います。でもその人たちの言葉に力と真実性を与えたのは、他の誰でもない自分であったのだという大きな気づきを与えてもらいました。

その時、私も自分に対してコンプレックスや、心の中の傷を感じていました。そんな自分に嫌気がさし、目を閉じて心の中でつぶやきました。「由佳、有難う。いつも有難うね」。すると、胸の中でキュッとした反応を感じました。「由佳、大好きだよ。ごめんね。自分を批判して、劣等感を感じて。ごめんね」。すると、その言葉にまたキュッと反応し、癒されていくもう一人の自分が奥の奥に存在していることに気づきました。

私は何回も言いつづけました。「由佳、有難う。本当に有難う」と。そして心の傷が内から癒されていくのを感じました。

この世で生きながら、自分は駄目だ、どうせ俺なんか、私なんて……と、自分を評価し、傷つけ

る頭（肉体的）の部分の自分と、そしてそんなこととは一切関係なく、奥深くで光として存在しつづける魂の部分の自分との両方が、私たち人間の中には存在していると実感した瞬間でした。よく肉体は魂の衣だと言われますが、自分の言葉に自分自身が反応していた時に、それがよく分かりました。

誰もが、本来の魂の自分はそのままで完全完璧で、しかも何にも冒されたりし得ないのです。でも、この世的な自分が自分を限定し、過小評価し、自分は無理だ、駄目だと言いつづけることによって、その言葉をもろに受けていくのが自分の心なのだと思います。心は自分のその言葉に傷つきながら、ただひたすら耐えているのに、それに自分自身が気づいていない。だからこそ、私が愛の言葉を自分に伝えると、魂が私の中で大きく震え、反応したのだと感じました。

私は、自分の言葉と考え方で、自分の心を傷つけていたのです。でも魂は奥底で、そうじゃないよ！となかなか届かないメッセージをずっと伝えていたような気がしたのです。そう思うと、今までそれに耐えてきた自分の心と魂がいとおしくなり、もう二度と自分で自分を傷つけるようなことをしてはいけないと思ったのでした。そして実際、自分で傷を付けた自分の心を愛し、癒すことの大切さを感じました。

自分で作った傷は自分にしか癒すことが出来ないのです。傷が大きくなると、いつの間にそれが心の中で大きな穴になってしまいます。そんな自分に自信がなくなり、悲しくて、寂しくなって……

だからその穴を埋めようと、多くの人は、外にその答えを求めてしまいます。人に認められれば、賞賛されれば、愛されれば、寂しさはまぎれるかもしれない。自信を取りもどせるかもしれない。空虚感を感じなくなるかもしれない、と。でも、外によって埋められたものは、あくまで仮の詰め物で塞いでいるにすぎないのです。その詰め物……お金、名誉、人がいなくなれば、また元の通り、心の中の穴はそのまま存在しつづけるのです。

でも、その穴というものは、自分を傷つける他人の言葉を信じることによって生じるのです。自分の夢を諦めさせる常識を自分自身が摑み、自分の力を信じきれないから生じるのです。自分をバカにする人の存在を、自分の存在よりも重んじたから生じるのです。自分の一部だけを見て判断されたことを、自分のすべてのように受け止めてしまったから生じるのです。すべては結局、自分自身が作った穴なのです。だからこそ自分で作った穴は、自分で癒し、埋めていかなくてはいけないのです。本来は、自分の心も完全なのです。

でも、その方法は私にとっては思ったよりも簡単なことでした。自分という存在そのものに、感謝し、赦し、愛してあげることによって穴は埋まっていきました。皆それぞれ違う方法があると思います。しかし知識、外見、能力、肩書きなど、この世的な部分の自分がまだ愛せないというのであれば、そういうことでしか自分を見ることが出来ず、それで傷ついている自分の奥の心を思い出してみてください。そして想像力を働かせ、自分が自分を批判しているにもかかわらず、限定して

いる最中にも、自分の奥底では一生懸命光りつづけ、その言葉を受けながらも生きつづける自分の魂の存在を想像してみてください。そんな自分がいとおしくなりませんか？　自分の傷を癒せるのは、自分の愛だけなのです。だからこそ、自分の心を大切にしてください。そしてありのままの自分を尊んでください。

Love is within, all you have to do is look inside, it will overwhelm u with its tender and stormy existence surrender to the magnificence of its beauty and it will come back to u a thousandfold more

～ May Al Najjar ～

愛は自分自身の中にあります。ですから、私たちはただ、自分の中を見ればいいのです。私たちの中に存在する、優しくも、かつ嵐のような存在感を持つ愛はあなたを圧倒することでしょう。その壮大な美しさに身をゆだねてください。するとその愛は、あなたに1000倍にもなって返ってくるはずです。

～ メイ・アル・ナジャール ～

9 最後の瞬間

ある日、私が座っていた所に偶然、蜂がやってきました。最初は飛び回っていたその蜂は、次第に羽をぶんぶんさせながら床を這い、静かになってしまいました。休んでいるのだろうか、と思ったのですが、どうやらこの地上での最後の時間を過ごしているようでした。私は、一生懸命働いてきたであろう蜂の命に感謝の気持ちが溢れてきて、思わず手で太陽の光を遮り、「有難う。お疲れ様でした」と言っていました。すると、止まっていた蜂は最後の力を振り絞ってまた動き出すのです。

蜂が何をしたいのか分からなかった私は、ただただ黙ってその姿を見守っていました。最後の瞬間までそんなにエネルギーを振り絞るよりは、ゆっくり休めばいいのに。そんな私の思いに反して、蜂は必死に力を振り絞って動いていました。しかし、飛ぶ力はもう残っておらず、少し体を回転させるのが精一杯でした。その動きが落ち着いた時に、「有難う。有難う。お疲れ様でした。もうゆっくり休めますように」と伝えると、また激しく動くのです。休んでは動き、動いては休む。それをひたすら床の上で続ける蜂を見て、もう動かないで……と思う自分がいました。蜂が苦しみもがいているように見えたからです。

しかし途中から、蜂はもがいているのではない。苦しんでいるのではない。それは最後の最後まで必死に生きようとする姿なのだと気づきました。決して諦めることなく自分の命を生かしている蜂。エネルギーを蓄えては頑張って動こうとするその蜂に「休んで」というのが逆におかしいように思えてきたのです。蜂はそこに命があるから、その命が燃え尽きるまで必死に生きていたのです。

SANS, SOUCI

諦めることをせず、自分の全力を振り絞って生きつづけたいのだと思いました。

命の尊さというものを蜂は私に見せてくれました。そして、最後まで諦めない力を教えてくれているようでした。生きている限り諦めてはいけない。そんなことを見せてくれたようでした。私の祈りも「どうか命を最後まで生きてください。蜂さんの天命を完うしてください」という思いに変わっていました。すると、五分くらい静かになっていた蜂が最後にもう一度、大きく身体をゆすり、私のほうに少し近づくようにして天命を終えていきました。

最初はもがいて苦しそうに見えた姿ですが、その時は決してそうは見えず、命を生ききった光に溢れているようでした。満足な笑みさえ浮かんで見えるようでした。蜂は、その姿を通して多くのことを私に見せ、教えてくれました。人生とは命が尽きるのをただ待つのではなく、自分が燃え尽きるまで生きるということを。最後の最後まで振り絞る力が、エネルギーが、私たちにはあるのだということを。

死ぬ時に人は、自分が夢を叶えられなかったあるいは叶わなかったことを後悔するのではなく、持っていたその夢を全力で叶えようとしなかったことに後悔するそうです。夢を自分自身がはなから諦めてしまったことが一番悔いを残すといいます。蜂は花にたどりつけないだろうと分かった時でも、それを思って止まることはありませんでした。諦めずに自分の生きる目的に向かって最後まで全力を尽くしていたのです。それは決してもがくことではありませんでした。必死に生きる美しさを蜂は教えてくれました。
私たちもまた最後まで諦めることなく、自分たちの命を最後まで完うできますように。

Yuka knows that doubt and fear is just a product of illusions. And she makes us believe that one day we will know too and realize ... thank you yuka for believing in me! And I know that I also believe in you! We all need people to believe in us!
It takes a lot of courage to do something different! I just spent a few minutes watching the flowers I bought the other day for my empty new apartment in nyc.. There is thousand untold stories lost in the beauty of their leaves! One should try to ask the flower what it really is, instead of telling the flower that it is just flower! One might hear an untold story there and the dawns will become smoother and smoother every time!

~ Nadine Strittmatter ~

ユカは疑いや恐れがたんなる幻想の産物であることを、知っています。そしていつか私たちもその事実に気づくということを。ユカ、私を信じてくれて有難う。私もあなたを信じています。私たちは皆、自分を信じてくれる人が必要なのです。

何か違ったことをするには多くの勇気が必要です。私は、ニューヨークの新しい空っぽのアパートのために、先日買ってきた花を数分見つづけていました。

その葉の美しさの中に、語られていない千の物語があるのです。人々は、花はただの花さ、と言う代わりに、本当は何であるのかを花に尋ねてみなければなりません。そうしたら、花の語る無数の物語を聞けるかもしれません。そして、そう試みるたびに、その交流は、よりなめらかになってゆくことでしょう！

~ ナディーン・シュトリットマッター ~

10 両親について

私は、子どもは自分の親を選んで生まれてくると信じています。ですから、親が私を生んでくれたことを心から感謝すると共に、この両親を選んで生まれてきた自分にも感謝せずにはいられません。私に人間としての生き方、あり方、考え方のすべてを、生きる姿勢で教えてくれたのが両親です。人生で自分の師に巡り会えた人は幸せだとよくいいますが、こんなにも近くで自分の師に巡り会えた人は本当に幸せ者だと思います。そんな両親に、私は一杯愛され、一杯叱られ、一杯励まされながら成長することが出来ました。もちろん家族ですから、たくさん笑って、泣いて、時に喧嘩して、ぶつかり合いながら学んできました。

躾にはとても厳しい二人で、挨拶や言葉遣い、目上の方に対する敬意や接し方はよく注意されたことを覚えています。特に幼い頃は、父はとても厳格で本当に怖い存在でした。しかし二十歳を境に厳しかった父がほとんど叱らなくなり、今までは注意されていたようなことをしても何も言われなくなりました。ある程度大人になったら言わない。口うるさくするのは、すべて躾であり大人になったら後は自分で責任を持ちなさい。……と、父から直接言われたわけではありませんが、それを感じた時は嬉しくもあり、寂しくもありました。そしてその時になって、父の今までのしつけ方ににじんわりと無限の感謝が湧いてきたのを覚えています。嘘を付かない、約束をキチッと守る、自分のことは自分でする、母を困らせない、などということで父にはよく怒られていました。父の怒り方は雷のように、その瞬間にバリバリッと強い光と迫力で落ちてくるものでした。

母は日常会話を通して、やってはいけないことや、例えば自分のことばかり考えていたらこうなってしまうのよ、などという物語をよく作って話してくれました。あるいは小さい頃から「えらい人は、大勢の人から感謝されているから別にいいのよ。でも人がやりたくないようなお仕事や人に気づかれないお仕事を一生懸命してくれている人たちこそ感謝されるべきなのよ。心から感謝しなさい。尊い存在なのよ」など、人間としてのあり方を何気ない時に話してくれました。そんな母の怒り方は例えるなら地震のようなものでした。母は本人が気づくまである程度待ってから、それでも気づかないと呼び出され、ゆっくりと叱るのです。声を荒げることはなく、静かに、しかし内側を激しく揺さぶられ、中が崩れ落ちるような怒られ方をしました。

両親から学んだことを書きはじめたら、本が何十冊あっても書ききれませんが、両親から受ける影響は、私にとって非常に大きいものでした。人間としての基本的なことには何よりも厳しく、またそのように育ててくれたことに心から感謝しています。人間としては本当にまだまだ未熟ですが、少なくともこうなりたいというお手本が私の中にあることは、何よりも幸せなことと思っています。親自身が、自分の生命を尊び感謝し、そして地球と人々の幸せと平和を願い、働きつづける。そしてたとえどんな困難があったとしても、真理とともに乗り越え、限りなく命を輝かせて生きていく、その姿を見せてもらえることは、私にとって何よりも大きな財産であります。

親が子どもに与えられる、伝えられる最高の贈り物は何だろうかと思った時に、私は真理なのだと思いました。親は子どもをすべてから守ることは出来ません。この世の中にはさまざまな苦しみや困難が存在し、親がどんなに努力して、そこから守ってあげようとしても、生きていれば誰しも悩みを抱えるし、事故、災害、病気などもこの世には存在しているのです。その中で、親が子どもに与えられるものとは、親の本当の使命とは、将来その子の前にどんな困難や苦しみが現われても、それを乗り越えてゆける力や勇気、精神を教え、真理に導いてあげること、そしていずれは自分の

力で歩んでいけるよう自信と叡智を与え、時に支え、見守ってあげることなのだと思いました。私にはまだ子どもがいないので、言葉では簡単に言えてしまい、それがどんなに難しいことかは想像するのみです。でも少なくとも私の両親はそれらを与えてくれました。

私は両親から、人間としてのあり方と共に、真理という自分の核になるものを受け継ぐことが出来ました。幼い頃から両親は深い愛と真理で私を包んでくれました。ですから私の中には、何があっても大丈夫、どんなことも必ず消えてよくなるのだという真理が常に鳴り響いていました。それは私にとって何よりの贈り物です。宝なのです。人生とは何か？　命とは何か？　苦しみの乗り越え方、問題の対処の仕方、物事の見方……それらを知り、この世の中の法則を知ることで、すべての答えを自分の中に見ることが出来ようになるのです。両親が私の中の力、可能性、能力を見つづけ、信じつづけてくれたお蔭で、私は自分を信じるという何よりも大切で強い武器を得ることが出来たのだと思います。

それらを通してまた、たくさんの学びがありました。例えば、自分を強く信じることが出来る人は、相手を信じることも出来るということです。

人を信じるということは、相手にある意味すべてを託すことになるので、相手の力や、真実性などを基準に、信じていいかを見定める必要があると私は思ってきました。この人を信じていいのか、いけないのか。信じたら痛い目に遭うのか、遭わないか。裏切られはしないか。自分の信頼に足る

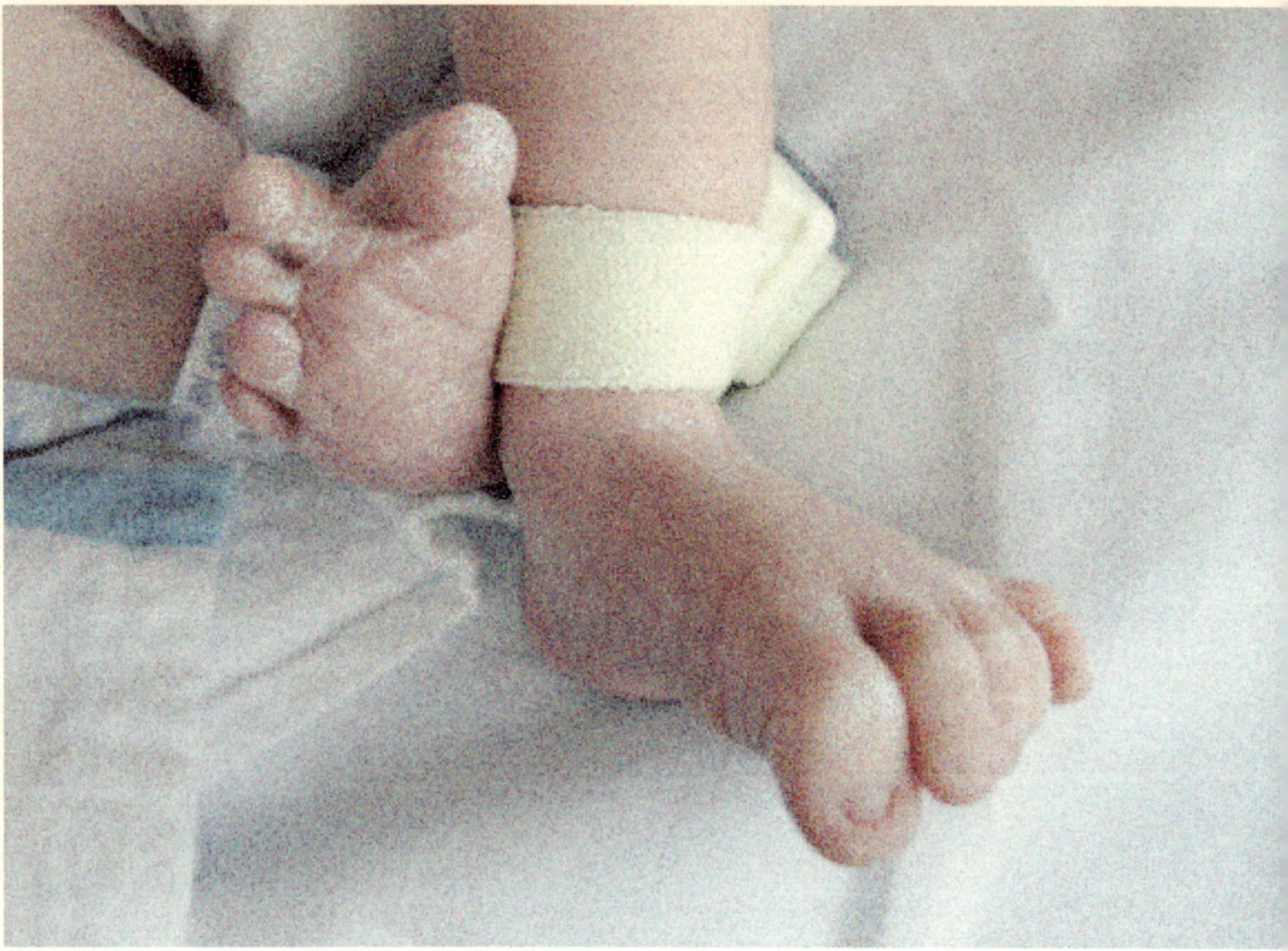

ものは返ってくるのか。自分を守るためにも、相手を信じるか信じないかを見極める力が一番大切だと思っていました。でも母の姿から学んだことは、そうではなく、信じるということは自分自身が強くなるということでした。

相手を見極めて信じると、相手が失敗した時、自分を失望させた時に、恨み、憎しみ、自分の判断を後悔してしまいます。しかし本当に信じるということは相手を見極めることではなく、どんな結果が待っていようが、その責任を取れるまで自分が力を付け、相手を無条件に信じてあげるということだったのです。それは本当に強くなければ出来ないことです。信じたことによって、たとえ相手に裏切られても、信頼が返ってこなくても、その責任を負うだけの力を自分が付けることが大切だったのです。

しかしその心構えで相手を信じることによって、私に返ってきたものは、決して裏切りではなく、必死にそれに応えようとしてくれる人々の姿でした。

自分を本当に信じることが出来たら、相手を本当に信じることも出来る。そしてその信頼が双方を成長させることを学びました。何が起きようと、そこからまた前へ一歩踏み込める自分がいる。本当に少しずつではありますが、私も自分が強くなればなるほど、相手を信じることが出来るということを知りました。

The social philosophy concept of "Ubuntu" that I have learned from Africa has as it' s core the belief that "Umuntu ngumuntu ngabantu" (a person is a person because of/through other people). It is a sophisticated belief system for human relationships that will hopefully impact positively in other parts of the world in future.
You have ubuntu. It flows through you naturally like a river. And like a blessing it reached and helped to cleanse me.
Peace be with you, and may you stay forever young!!

Love from Steve
～ Steve Dyer ～

私がアフリカから学んだ社会哲学コンセプトに Ubuntu（ウブントゥ）という言葉があります。それは、Umuntu ngumuntu ngabantu（ウムントゥ・ングムントゥ・ンガバントゥ）すなわち、人は他の人を通してその人になる、という意味です。

それは、人間関係のための優れた思想であり、洗練されたシステムなのです。今後世界の（他の）さまざまな場所において、この思想がポジティブなインパクトを与えてゆくことを期待しています。

あなたは、その ubuntu（ウブントゥ）を持っているのです。それは、川の流れのようにあなたの中を流れています。そして、それは、私を祝福するように、私のところに流れきて、私を浄めてくれるのです。

どうか平和があなたと共にありますように。そして、あなたが瑞々しい感性を持ったままでいられますように。

スティーブから愛をこめて
～ スティーブ・ダイヤー ～

11 ものさし

「0－10で言うとどれくらい？」

いつからか、私はよくこの質問を人にするようになりました。そしてこの質問をすることによって、言葉一つでも、使い手の性格や状況によって、その語感は異なっているということに気づきました。かつての私は、人もきっと自分と同じニュアンスで言葉を使っていると思い込んでいました。でも、自分のものさしで相手の言動を計っても、ズレているのだということが分かったのです。

よく、自分だったらこうするからきっと相手もそうするであろうと思ったり、こう言うということはああ思っているに違いない……などと、相手を自分の見方で推測したり、理解しようとします。が、その自分の見方で一方的に推測してしまうと、食い違いや相違が生じるということは、誰もが経験したことがあると思います。自分の考え方や思い込みで相手を理解しようとすると、的外れな認識や勝手な思い込みになってしまうことが多く、やはり相手のものさしで相手を計らなければ、本当の気持ちは分からないと気づいたのです。

簡単な例で言うと、「頭が痛い」とか、「音楽会に行かない？」などという何気ない日常会話があります。本当に限界で我慢できない時にこそ「頭が痛い」という言葉を使う人もいれば、少しでも痛みを感じたら「頭が痛い」という人もいます。「音楽会にすごく行きたい？」と聞かれ、大して行きたくなくても「うん！」と答える人もいれば、興味はあるけれど「すごく」は行きたくないから「いや、別に」と答える人もいるのです。そういう時に「0－10で言ったらどれくらい？」と聞くと、

時に自分の予想と全然違う答えが返ってくることがあり、それがとても面白かったのです。とても頭が痛そうにしていて、この人はきっと限界に近い痛みなのだろうなと思っていたら、「0－10で言うと2くらい」と返ってくることがあります。それならまだ我慢できる範囲だなと安心したり、あるいは音楽会に誘ったけれどきっと行きたくないのだろうなと思っていた人から、「0－10で言うと10！」と言われると、反応が薄いだけで、本当に行きたかったんだと驚くことがあります。もちろんその人との関係性や親しさによって、相手が気を遣ったり遠慮して言うこともあるので、すべての人にあてはまるわけではありませんし、時と場合によると思います。

これは単なるたとえですが、私たちは何気ない時でも自分の考えと相手の考え、自分の感覚と相手の感覚、もしくは自分の言葉と相手の言葉が同じであると思い込んでしまうことがあると思います。でも、相手には相手の言葉、相手の感覚、相手の考え方があり、そして相手の生き方の歴史があるのです。だからこそ、自分とは違うかもしれないというスタンスで見て、理解していかないと、会話は成り立っていても、奥ではズレていくことがあります。ですので、自分のものさしで相手を計る前に、まず相手のものさしを理解することが大切なのだと思います。

何気ないことでも、相手の気持ちや視点から物事を見たり、考える習慣が出来ると、今までの価値感や自分の生き方のみでは知り得なかった知識や理解を得られることがあります。反対に、常に自分の考えのみで人を判断してしまったり、理解しようとしてしまうと、他人をどんどん理解でき

なくなってしまいます。また、自分の価値感で正しい答えを押しつけてしまうと、時に自らの大きな学びや発見を逃してしまうこともあるのです。なぜなら、そうすることで、自分の見方でしか物事を理解することが出来なくなり、視野が狭くなってしまうからです。

物の見方や言葉の使い方などを通して、相手のものさしをまず理解しないと、相手の真意は見えてこないのだと思います。そして相手のものさしを理解できた時に、そこには今まで得られなかった気づきや学び、理解などが待っているのだと思います。皆それぞれ違う色、形、大きさ、尺のものさしを持っているのです。そのためにも、人と理解し合うために大切なことは、自分のものさしを基準に周りを見て判断するのではなく、人それぞれのものさしのあり方を理解し、尊重することなのだと思いました。

そんなことを考えていたら、以前、母からよく言われていた言葉を思い出しました。母には、叱り方の基準が統一していない時がありました。私にはもっと努力しなさいと言うのに、他の人が同じことをしている時は褒めたり、あるいは、姉には厳しく叱っているのに、私には何も言ってこない時があったのです。幼い頃、それを不思議に思った私は尋ねてみました。「なんであの子は良くて、私は駄目なの？　なんで由佳にだけ叱るの？」すると、母はこう話してくれました。

「人にはそれぞれ器や度量があって、例えば俵を五つ持てる人が一生懸命六つ持っていたら、それは立派なことなのよ。でも十個持てる人が六つ運んでいて、自分はやっているつもりでいたら、その人はもっと運べるはずでしょう？　その人がいくつ持っているかではなく、その人の中でどれだけ頑張っているかで見ているのよ」

思い返せば、母は小さい頃から私たちのそれぞれの度量を見て、それに応じて褒めたり叱ったりしていたのです。それぞれのものさしで物事を見ることの大切さを、実は母から学んでいたのでした。

EACH ONE OF US HAS ONLY ONE PERSON TO CHANGE AND THAT PERSON IS IN YOU 24 HOURS A DAY. WHAT EVER YOU WANT IN THE WORLD , LET IT START WITH YOU. THERE IS MANY THINGS THAT WE DONT SEE BECAUSE OUR MIND IS DISTRURBED, THIS IS HOW PEACE OF MIND IS SO IMPORTANT.

AS LONG AS THE EGO AND THE CONCEPT OF INDIVIDUALITY REMAINS INTACT , YOU RE NOT ALLOWING "LIGHT" OR "THE UNIVERS" TO WORK THROUGH YOU, YOU ARE NOT OPEN YET AND INNER PEACE WILL BE A DREAM. IT REQUIRES WORK AND PATIENCE.

PURITY AND PEACE OF MIND IS NEEDED FOR OUTTER PEACE.

IF YOU CANT HELP YOURSELF , HOW CAN YOU HELP OTHERS?

WHEN WE ARE AT PEACE INSIDE ,

WE RADIATE THE VIBRATIONS OF PEACE TO OTHERS.

PLEASE FORGIVE , LOVE , LET LIVE , LIVE , BE GENEROUS , DO GOOD ACTIONS , SMILE ,BE MINDFUL AND TALK BEAUTIFULLY; THIS WILL HELP YOUR MIND AND THE MIND OF OTHERS A LOT.

FREEDOM IS NOT THE FREEDOM FROM OTHERS BUT FREEDOM FROM OUR OWN BOUNDARIES; IT S UNCONDITIONAL FREEDOM OF THE SOUL. UNIVERSAL LOVE, TOLERANCE , OPENESS, RESPECT, COMPASSION , UNITY ...

~ Judith Bedard ~

私たちには、唯一変えることが出来る人間が1人いて、それは私たち自身の中に1日24時間存在しています。この世界で願うことがあれば、自分の中から始めなければなりません。心が乱されているために、見えないことが多くあります。それゆえ、心の平和がとても重要なのです。自分だけよければそれでいいというエゴが残っている限り、あなたを通して「光」や「宇宙」が働きだすことはありません。あなたが閉ざされている限り、内なる平和は、ただの夢です。そこには、努力と忍耐が必要です。

純粋さと心の平和こそ、平和な世界を創るために必要なのです。もしあなたが自分を助けられないとしたら、どうして他人を助けることが出来るでしょう。私たちの内に平和がある時、初めてその平和のひびきを他に及ぼしていくことが出来るのです。

どうか他人を赦し、愛し、お互いを生かし、寛容で、よき行ないをし、微笑み、注意深くあり、美しく話してください。これらは、あなたの心を助け、人の心を助けます。自由とは、他からの自由ではなく、自分自身の枠からの自由を意味するものです。それは、魂の無条件の自由です。 そしてそれは、普遍的愛、寛容、オープンさ、尊敬、慈愛、ユニティにつながっていきます。

～ジュディス・ベダード～

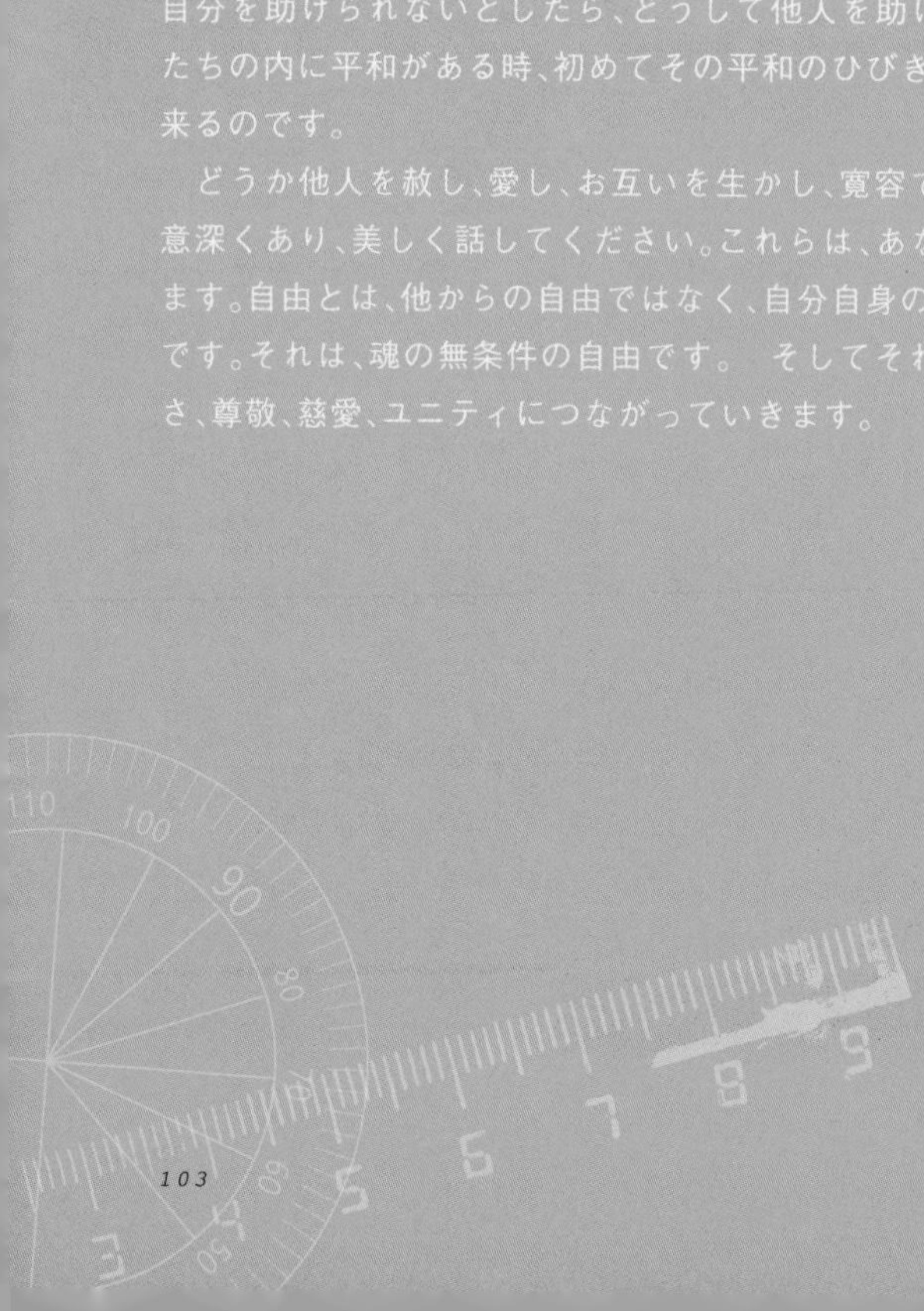

12 自然の中

これは、私がある中医学の先生から教えていただいた言葉です。

「人間として一番崇高で素晴らしいゴールが何か知っていますか？　それは自分の身一つだけで自然の中に立ち、自分が生きているのではなく生かされている事実に気づくこと。この大きな宇宙の中で、その法則の中で、自分は必要とされ生かされて今生きているのである。その事実に全身から喜びと感謝が溢れ出てくることですよ」

この言葉はいつも私の胸の中に響いています。そしてその真実を、いつか知識ではなく全身で実感できるよう毎日を生きたいと思い、暇があれば、自然の中に身を置く時間を作るようにしています。

自然に還ると、地球を織りなす自然の美しさや、そこに流れる平安な時間、そこに溢れる自然の完璧なる姿にいつも胸が一杯になります。そしてその中で、我を取り戻していくような感覚に包まれます。海の音に耳を傾け、新緑を肌で感じ、夜空の星を見渡すと、すべての存在が完璧で、美しくて、調和していることを感じます。そして、私たち人間も完璧そのものの存在、姿であることを思い出すのです。ただ、私たちの生き方や知識が、自分自身に対する不信や批判が、過去の体験や他人への嫉妬や不満が、そうではないと思わせてしまうだけなのです。自然に戻るとそういうものがすべて浄化され、やはり本来は、すべてがそのままで完璧で、完成された状態で生まれてきているのだと信じずにはいられません。

でも自然に触れあわなくなってしまうと、その真実や、自分がそう思ったことさえも簡単に忘れてしまいます。また、たとえ自然と触れあっていても、自分に余裕がなく頭の中が違うことで一杯であったり、日々に追われていると、夜空の満月にも目がいかなくなり、花の美しさにも感謝できなくなっている自分がいます。そういう時に、自分は今、自然と切り離された場所にいて、それはとても大変なことだと気づくのです。

自然と自分を切り離して生きていると、大切な真理や道理を見失っていく感覚を覚えます。人間の真理や自然の中の真実の道理というものは、本来学ぶものではなく、自然を通して、あるいは自然の中で学び、知り、そして受け止めていくものだと思います。多くの賢者や聖者、先住民の方々が命や人生に対して深い叡智と真理を持ちつづけるのも、自然と共に生き、その中に人間として一番大切な教えを感じ取っているからなのだと思います。自然の一つ一つは無常であります。一日のうち、太陽は昇り、また沈みます。花も季節によって芽吹き、そして枯れていきます。動物も同じように命が生まれ、亡くなっていきます。その無常の世界の中には、永遠に変わらぬ法則が存在しています。沈んだ太陽はまた必ず昇るということ。一年後にはまた同じ季節が巡ってくるということ。そして動物たちもまた、新たな命が生まれてくるということ。これが真理なのです。でも自然と切り離された状態で生活していると、私たちは、この根本の真理でさえも忘れてしまうのです。

私は、世の中を便利にし、より快適な生活を送れるようにしてくれた文明に感謝しています。しかし、その文明に頼りすぎると、自然が教えてくれている深い教えから遠ざかっていく自分や、大切なものを見失いそうになる自分にも気づきます。

例えば去年、仕事でハワイにいた時、島中が停電となりました。島中が停電になったのは今までで二回目だそうです。その時、宿泊していたホテルのエレベーターから、お店の電気から、島中の信号、レジなどの機械という機械が一切使えなくなり、一時的に水も止まってしまいました。夜の六時から始まったその停電で、自分が何の身動きも出来なくなってしまったことを改めて痛感しました。しかもその時私は体調を崩し、お腹を下し、嘔吐を繰り返していました。それなのに、三十五階にある自分の部屋にも戻れず、何とも辛い経験となりました。しかし、有り難いことに、ロビーのお手洗いだけは使えましたし、場所も安全でしたし、夜の気温もそんなには寒くなく、他の人々もパニック状態になることはありませんでした。でも、この状況が二、三日続いていたら、どうなっていたかは本当に想像もつきません。その停電は十二時間ほどで復旧しましたが、ホテルの近くのコンビニでは、飲み物や食べ物がほぼ完売状態になり、乳製品は駄目になっていました。また信号もすべて停電してしまったせいで、食料の供給も困難になっていたようでした。

その時ふと、去年カナダに行き、先住民の方々と一週間ほど生活した時のことを思い出しました。その時、私たちは、大自然の中に立つティピー（テント）の中で寝泊まりをし、手作りのお手洗いを使いました。そこには先住民の方々が二十四時間燃やしつづけている火があり、先住民の方はそ

の火の周りで寝泊まりをし、火が消えぬよう交代で夜中の当番をしていました。太陽が昇った時に起床し、日が沈めば就寝する。あの先住民の方々が暮らしている場所ならば、たとえ停電になってもさほど動揺することなく、普通に過ごしていけるだろうなと思い、改めて大切なことや生き方は何かを考えさせられました。

この当たり前の自然の生活が、今の私たちにはもう当たり前ではなくなっています。電気に頼り、二十四時間眠らない都市で生きていると、そのような生活はもはや無理になってきています。でも、今の時代を生きる私たちは、そのどちらかを選ぶというよりも、それらのバランスを大切にして生きていけたらいいのではないかと思います。本当に便利になり、さまざまなことが可能となった今のこの素晴らしい時代。でも、意識しないと容易に自然の道理とかけ離れた生き方に流されてしまいます。そして意識しないと自然に感謝できなくなってしまいます。だからこそ、自然に戻って自然と触れ合い、今生かされている自分を感じ、その事実に気づく時間を大切にしていきたいと思うのです。私は、自然の中で流れる時間、空気、道理に触れ、リセットする時間を作りたいと強く思います。自然の中で大きく深呼吸をし、すべての人が必要とされて生まれ去っていく流れの中で、この世に生きる一瞬一瞬の大切な時間の中で、自分がこの大きな宇宙の中に生かされているという事実を噛み締めたいと思います。

We all carry the memory and wisdom of our ancestors, the memory and wisdom of nature and the mystery of the universe, the mystery of life. When we wake up this memory, we remember who we really are and what is our relation with mother earth and the universe.
We remember that we all are held in the hands of eternal love and that we all are one. And because we all are one with our people, our lands, with the trees, animals, with our planet and the entire universe, all of our relations became sacred.

〜 Luz Maria Ampuero 〜

私たちは皆、先祖からの記憶と叡智、大自然からの記憶と叡智、そして宇宙と命からの神秘をすべて受け継いでいます。私たちがその記憶を蘇らせる時、私たちは自分が本当は誰なのか、そして、私たちの母なる地球と宇宙との関係を思い出すのです。

そして私たちは皆、無限なる愛の手に抱かれすべてと一つであることを思い出すのです。私たちが人類と大地、植物と動物、そしてこの星と宇宙のすべてと一つだからこそ、すべての関係が神聖になるのです。

〜 ルズ・マリア・アンピュエロ 〜

13 五井先生

May peace prevail on earth

私は幼い頃から「世界人類が平和でありますように」と唱えてきましたが、この祈り言葉の奥にある深い意味と力は、年齢とともに私の中に深く響き、浸透してきています。

こんな言葉で何が出来る。そう思う人は多いと思いますが、私はこの言葉が多くの人々の考え方を変え、意識を変え、また人生をも変えていく様を見てきました。そしてこの祈り言葉が人々をつなげ、この祈り言葉を通してその人自身の中にもともとあった素晴らしい力を目覚めさせる瞬間も見てきました。私は今、この祈り言葉はすべてをつなぐ力を持っていることを実感しています。それはまるでインターネットのようなものだと思います。

パソコンを想像してみてください。パソコン一つの中にある機能はさまざまです。時に資料を作成し、アドレス帳を使い、写真や音楽の整理をする。それだけでも十分に使えるものであり、まさにパーソナルコンピューター……個人のコンピューターなのです。

でもそのパソコンをインターネットに接続した瞬間、個人のパソコンは個の世界を、範囲を飛び越え、世界中の人々とつながるツールになるのです。世界中の情報を知ることが出来、世界中の人々と交流することが出来るようになるのです。個人の意識はその瞬間、世界へと広がり、個人の情報も一気に世界の情報へと発展していくのです。外身は何も変わらないけど、インターネットというボタンを押すことによって、その機能や可能性は無限に広がっていきます。

毎日を生きていると、意識が自分中心になるのは当然のことだと思います。自分の生き方や考え方で一杯になってしまいます。私たちは自分たちが平和であるように、自分たちが幸せであるようにとは、いとも簡単に願うことが出来ます。でも現実的に敵国や憎い人、自分に意地悪をしてきた人の幸せや平和を願うことはしないですし、なかなか出来ません。でも、この「世界人類が平和でありますように」という一言にはすべての人が含まれてしまうのです。愛する人もそうでない人も、自分の国の人たちもそうでない人たちも。

生活の中で、ふとニュースやテレビを見た時や寝る前に、「世界人類が平和でありますように」と一言言うだけで、少なくともその一瞬は、自分の意識は自分を超えて、世界中の人々へと広がっていくのです。自分は何も出来ないかもしれないけど、心から世界の人々が平和であるようにと願うことは出来る。しかもその言葉に含まれない人間は、地球上で一人として存在しないのです。

海外に行き、「日本には、『世界人類が平和でありますように、○○国が平和でありますように』と、あなたの国の平和の祈りを必死にしている人々がいる」と伝えると、その事実に胸を打たれる人々を、私はたくさん見てきました。そして、その国の言葉で「○○国が平和でありますように」と書かれた冊子を見せると、それを胸に抱きしめる人々がたくさんいました。自分だって苦しい生活なのに、国はまだ戦い合っているのに、それでも、そんな自分でも一九二ヵ国もの平和の祈りを祈れた……と涙を流す人々も見てきました。なぜ、その人たちはそれほどまでに感動したのでしょうか。それは、自分の中にこの祈り言葉が響くことによって、自分の世界が変化するからなのだと思います。自分の視点が、可能性が、愛が、力が広がっていくのを自分自身が感じるからです。

そんな祈り言葉を提唱した、私の祖父でもある五井昌久先生という方は、言葉では言い表わせない存在であります。私が生まれて半年後に亡くなっているので、この世での交流や、思い出は全くないに等しいのですが、心の中では誰よりも近い存在であり、そして絶大な私の心の支えでありま す。そして私の核となっているすべてのものの原点でもあるのです。

自分を摑まず、自分の背後にある真理を摑みなさい。そう説きつづけた五井先生。組織が問題になるなら明日にでも白光を閉じる。そう示しつづけた五井先生。組織というのは出来上がるとそれを守ること、拡大することに意識が向かってしまいます。でも、五井先生は人々が真理を摑み、そして世界に平和が訪れることを願うのみで、その原点から少しでもブレるようなことがあれば、組織などいらないと言いつづけたそうです。

私はそうした五井先生の真理が大好きで、それをしっかりと摑み、生きていきたいと願っています。また、真理が自分の中に生きていると、不安を乗り越えることが出来、疑問も自分の中で解決できるようになり、いざという時に強くなれると信じることが出来ます。五井先生の真理と教えは私の中での最終到着地なのです。ナビでいう最終到着地を私は設定することが出来たので、たとえ途中で道を間違え、失敗してしまっても、すぐに軌道修正が出来るようになっています。それが、私の生きる上での何よりの強みであり、喜びであり、そして力なのです。道を進む上で、違う所を曲がってしまっても、行き止まりにぶち当たってしまったとしても、その瞬間は驚き、戸惑うかもしれませんが、次の瞬間には修正をし、新たな道を見つけることが出来るのです。

たとえば自分が海に行く！　と決めたら、よほどのことがない限り、海に着きます。行き先を海に設定して、山にたどり着くことはないのです。このように、自分で設定した行き先に、人々は必ずたどり着くことが出来るのです。だからこそ、その最終目的地を自分で考え、設定することが大切なのだと思うのです。

私にとっては五井先生の真理を摑みつづけ、そしてそれを生きつづけることが、私の人生でブレることのないゴール設定なのです。そして、その旅の途中でさまざまな物を見て、多くの人々と出会い、いろいろな経験を積み、人間として少しでも成長し、心の中にたくさんの財産を積んでいくことが私の人生なのだと思います。

時に何のゴール設定もない、行き当たりばったりの旅行をしても、思いもよらぬ発見や、素晴らしい出会いが待っていたりもします。でも、行き当たりばったりの行動をしながらも、本当の最終目的地を設定しておくと、それが私たち一人一人の地図となり、道しるべになり、人生における大きな導きになるのだと思います。

The world is falling apart because the humanity in the past in the lack of consciousness have misled the world to a wrong direction. But now there is a calling to unite people the world over to right track ourselves and stand together so that we be able to walk in the world in a way the world wants us to walk without destroying its pristine nature, all the beautiful creations and all other sentient beings. I join Yuka and make commitment that I will do what I can to establish the direction she is taking and the gentle force of peace she is using in my community and country too.

～ Jimmy lama ～

世界はかつて、人類の意識の低さから間違った方向に導かれ、バラバラになろうとしていました。しかし今、世界中の人々を結びつけ、一緒に立ち上がろうとする声が聞こえてきます。それは、地球が私たちに欲するように、大自然を破壊せず、すべての美しい生き物を滅ぼすことなく、そういうふうに生きてゆけるように、世界を正しい方向へもってゆこうとする呼びかけです。私もユカに加わり、私のコミュニティや国で、彼女が示す方向に向け、彼女のように平和の優しい力を用いて、出来ることを行なってゆきたいと決意しています。

～ ジミー・ラマ ～

世界平和交響曲
Symphony of Peace Prayers

14 SOPP

白光真宏会は、毎年五月に「Symphony of Peace Prayers（SOPP）〜世界平和交響曲」というセレモニーを開催しています。富士山の麓にある富士聖地で行なわれるこのセレモニーは、すべての人にオープンされた野外行事であり、日本各地、そして世界中からも多くの人々が集まってこられます。

この日は世界中からさまざまな宗教・宗派のリーダーをお招きし、その方々に宗教の平和の祈りをリードしていただきます。草原の会場に座る一万人の方々は大自然の中、手元のブックレットを見ながら、その平和の祈りをリーダーと共に唱えていきます。

さらにこの日は、世界の国の平和を祈るセレモニーが行なわれます。世界一九二ヵ国とその他すべての地域の平和を、その国の言語で祈っていきます。日本であれば「日本が平和でありますように」、イエメン共和国であればアラビア語で「アッサラーム　リアハリル　ヤマン」という具合に、ブックレットを見ながら一ヵ国一ヵ国の平和を真剣に祈ります。そして最後にすべての国旗が美しい音楽と共に会場を埋め尽くしていくと、多くの方が涙を流され、本来世界は一つであることを感じるのです。

このようなイベントは世界中でもここしかありません。世界中にあるインターフェイス（宗教間対話）のイベントや会議も、それぞれの宗教家がそれぞれの宗教の祈りを行なうことはあっても、参加者全員が参加して、すべての宗教の祈りを声を合わせて祈るのはここしかありません。でも、

各宗教の祈りを実際に祈ると、それぞれが本当に素晴らしく、一つであるということを体験することが出来るのです。また、野外会場に座っている一万人の方々と共に行なうその祈りは、とても感動的であります。

ＳＯＰＰでは最後に、壇上に立たれた宗教家の方同士が手を取り合ったり、ハグし合う瞬間をよく目にします。これがどれだけすごいことか、私自身も十分に理解していない気がします。今でも、ある国では、その行為自体が裏切りとなり、命をも落としうる危険性があるのです。うちの宗教だけが唯一正しいのだと考える人々もまだ多くいるからこそ、世界では宗教戦争が続いているのだと思います。それだけ宗教間の溝は深く、私たち日本人には知り得ない、そして理解の届かない歴史と文化が存在しているの

Symphony of Peace Prayers

です。

ですから、このセレモニーで一番感動されるのは宗教家のリーダーの方たちなのだと思います。世界中ではその祈りを守るため、自分たちの宗教を守るために、今も多くの人々が戦い争い合い、そして苦しんでいるのです。でも、日本は子どもが生まれたらまずは神社に初参りに行き、初詣はお寺に詣で、七五三は神社で参拝し、結婚式は教会で挙げ、お葬式をお寺で行なう。それは八百万の神を信じ、すべての中に神を見る神道の国・日本ならではの風習でありますが、私たちはいとも簡単にそれぞれの宗教の祈りの素晴らしさ、美しさを受け入れ、感謝することが出来ます。

しかし、一神教を信じ、その教えを守りつづけていた人々にとって、SOPPで見る風景そのものがまさしく平和の姿なのではないでしょうか。世界一ヵ国一ヵ国の平和を共に祈り、そして自分の宗教の祈りを一生懸命に祈ってくれる日本人の姿に、多くの宗教家が感動され、涙を流されるのです。その姿が彼らの希望となり、未来のビジョンとなるのです。

誰にもオープンであるこのセレモニーに、是非多くの方々に参加していただきたいと思います。一年に一度、草原の上に座り、一万人の人々と共に世界の平和を祈る。それはきっと魂を揺さぶられる体験になると思います。

そして是非、宗教家を中心に世界中に広がっていくこのムーブメントの一部になっていただきたいと思うのです。日本のどこかで、ひたすら世界の平和と、宗教界の平和を願い、祈りつづける人々がいる。その事実が世界の人々に感動を与え、多くの人々に行動を起こさせているのです。

　このセレモニーには、二〇〇五年に始まって以来、さまざまな宗教家の方がご出演くださいましたが、多くの方が感動を自国に持って帰り、同日、自国でＳＯＰＰを開催してくださるようになりました。

　このＳＯＰＰに感銘された未来哲学者のアーヴィン・ラズロ博士は、二〇〇七年以降、ＳＯＰＰの日に合わせてグローバル・ピース・メディテーション&プレヤー・ディを毎年開催されるようになりました。これは、世界中の人々が、それぞれの地で日時を合わせて祈りと瞑想を行なう行事ですが、今ではＳＯＰＰに合わせて世界中の百万人以上の人々が、共に平和を祈るイベントへと発展していきました。そして、これからもより多くの方が宗教、国家、民族を超えたこのムーブメントに参加していただき、平和を祈る力強さを体験していただくことが、私の心からの願いであります。なぜなら、一人一人から発信される平和の祈りが世界中に響き渡ることによって、地球上に大きな平和のうねりがもたらされると信じて止まないからです。

circle of love

I attended the SOPP in year 2007 in Mount Fuji. I have always had a dream of how a better world should be. For the first time in my life, I saw it become true then! I felt and saw the power of words that carry love and how that love materilizes and makes change in people and our environment. Its has given me so much hope because we all, children, youth, adults and elders, with words and actions of love have the power to better this world and we dont have to ask permition to anyone to do it. The time has come for all of us to do it, and we will make the difference!

～ Joaquin Leguia ～

　私は、2007年に、富士山の麓で開かれたSOPP（シンフォニー・オブ・ピース・プレヤーズ）という催しに出席しました。私はいつも、より良い世界を思い描いていました。しかし生まれて初めて、それが現実として目の前に展開されていったのです。私は、愛を運ぶ言葉の力を感じました。言葉が、愛を実現させ、人々と私たちの環境に変化をもたらしてゆくのを目の当たりにしました。

　このセレモニーは、私に大きな希望を与えてくれました。子どもも青年も、大人も年配の方々も、愛の言葉と行ないを通して、この世界をよりよく変えてゆくことが出来るのです。しかもそれを実践していくために、私たちは誰の許可を得る必要もないのです。私たち一人一人が、そういう生き方を始める時がやってきました。それによって、必ず世界は変わってゆくのです！

～ ホアキム・レギア ～

Mineko O.B.

Maririn

Akiko

Kelly

Onyon

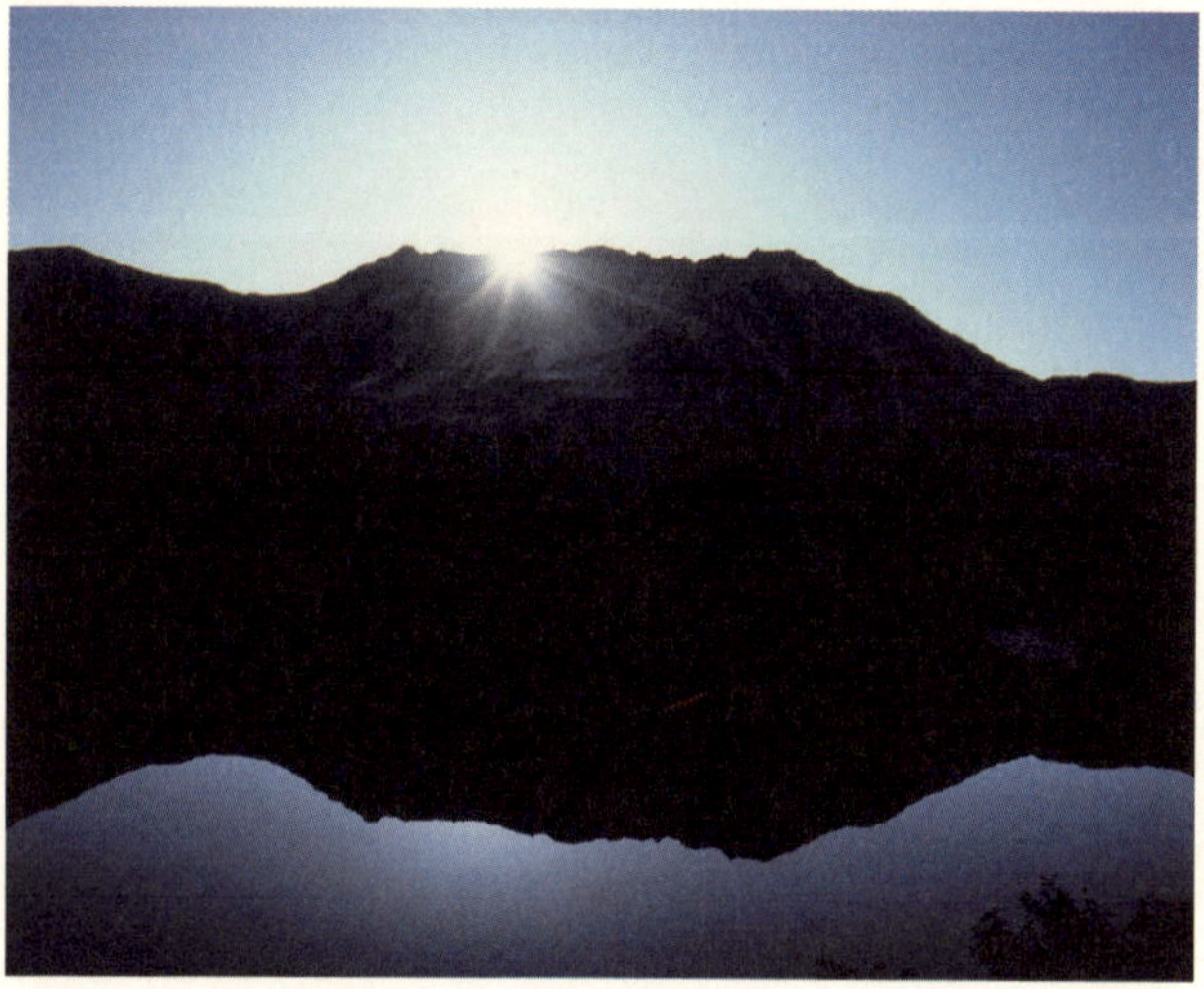

あとがき

私は約五年前に白光真宏会の副会長となり、現在二十九歳にして会長代理を務めさせていただいております。正直、この年齢でそのような立場にあることに、不安になることもあります。また、その重責に怖くなることも多々あります。自分でいいのか、自分に果たして務まるのか、人々が求めているものを私が本当に捧げることが出来るのか。考え始めたら止まらなくなってしまいます。それでも、私がこのお役目を頂いた経緯をお伝えできればと思いました。

私は小さな頃から両親の働く姿を見てきて、そんな二人の仕事を心から尊敬していました。物心ついた時から、両親の仕事場に一緒について行っていました。その現場は時に緊張感あふれ、時には和気あいあいとした空気が流れることもありましたが、両親と常に接している方々はどの方も素晴らしく立派であるということは、子どもながらによくよく感じていました。真理が一本貫いているとは、まさにこういうことだと思いますが、両親の周りにいる方々は真っすぐで、叡智と愛に溢れ、時に厳しさもありながら、大きな優しさで包んでくれる方々ばかりでした。私は何をするでもなく、ただそこで周りを見て過ごすことが幸せでした。また、両親の仕事を通して人々が明るくなったり、希望を持ったり、やる気に燃える様子を見るのも、大きな刺激でした。

そして幼い頃から、少しでも両親の仕事を手伝いたいと思うようになりました。これは姉たちも全く一緒の思いだったと思いますが、私たちは決して〝後を継ぎたい〟という気持ちではありませんでした。なぜなら両親が、子どもたちが仕事を継ぐことを望まず、どちらかと言えば反対の姿勢を取っていたからでした。あなたたちは自分の好きな道を選び、進みなさい。それが両親から言われつづけたことでした。また、この仕事の大変さもよく聞いていましたし、実際に見てきました。そのため、私たちはそれぞれ自分の道を探していました。そしてその道を進みながらも、両親の仕事を出来る範囲で手伝っていこうと三人で思っていました。

一番上の姉は医学を学び、二番目の姉は教育を学び、そして私は法律を選びました。白光のスタッフの中に法律の専門家はいないので、その方面の知識を自分が蓄え、必要な時にお手伝いが出来たらいいな、自分が専門の力を得られたら白光を手伝えるようになる。そう思っていました。しかし、ある時からそれが遠回りに思えて仕方なくなりました。今、両親の側で、自分にも手伝えることをしていきたいのに、法律を勉強し、法律に関係する仕事に就き、そしてある程度の知識を得てから、必要かどうかも分からない法律の分野をサポートするということに疑問を持つようになりました。

今、自分が出来ることを精一杯したい。そう思い、大学を卒業した後、「今、自分にサポート出来ることがあれば、何でもさせてください」と母に懇願しました。正直、どういう反応が返ってくるのか私にも分かりませんでした。しかし、母はこのことを何よりも喜んでくれました。幼い頃から、この仕事の大変さや苦労を子どもたちに伝え、「あなたたちには自由な道を選んでほしい。好きなことをしてほしい」と言いつづけてきた母。そう必死に伝えることで、私たちがそれでも本心からこの仕事をしたいと言って飛び込んでくるのを待っていたように思います。五井先生の真理に囲まれ育ってきたという事実、そして何よりもこの両親を選んで生まれてきた魂の運命を、母は誰よりも知っていたのだと、その時思いました。でも、私たち自身が今生を生きる中で、それを願い、摑むことが必要であることも知っていたのだと思います。

何でもさせていただきたいという私の願いは、いつの間にか後継者としての訓練へと進んでいきました。もちろんこのような立場を頂くことに戸惑いましたし、形ばかりが先行してしまい、私自身の実力や能力が付いていかないことが心配でした。でも、何しろ母 ― 仕事の時は師である母を、信じて付いていくことだけに集中しました。今は周りを見ない、気にしない。与えられたことだけを頑張って摑むことにしました。何しろ尊敬する五井先生、そして師である母を信じ、付いていける限り付いていきたいと思いました。与えられたことも素直に受けさせていただこうと……（それでも素直になれない自分も時にいますが）。そして、自分に約束しました。それは自分を偽ることはしないこと。そして、自分をより良く見せようとしないこと。ありのままの自分で、出来る限り頑張らせていただくこと。しかし、後継者として受け入れてもらえなかったり、ふさわしくない状況が出たら、すぐに引き下がる覚悟を常に持つこと。そしてより適任者にすぐさま譲ろうと約束しました。これは、トップは常に真っすぐな信念といつでも辞める覚悟を持ち、会に何かあったらトップがすぐに謝罪してすべての責任を負うこと。その意識を持ちなさい、という母の言葉が常に心の中にあるからだと思います。

この立場に立つ人間として、自分にはこれといった経験も、専門知識も、強みとなるものもありません。でも自分に誇れることがあるとしたら、それは白光真宏会の真理に対する絶対なる愛です。生きている自分の中に、この真理が核として存在していることに、心からの幸せと感謝しかありません。この真理が大好きです。そして、この真理を共に摑み、生きている人々が私にとって大切な大切な存在で仕方がありません。ですから自分の中に溢れる愛と感謝をただただ返していきたい。そして真理も同志も、全身で守っていきたい。そういう強い思いは誰にも負けない自信があります。

両親の後ろ姿に導かれ、大きく支えられながら、全く同じ気持ちと意識を持った姉たちと共にこの仕事が出来ることを、本当に本当に幸せに思います。不安な時も、嬉しい時も、家族全員で共有し、考え、歩んでいけることが私の何よりの支えであり、安心感であり、強みであります。絶大なる信頼と尊敬をベースに、何でも話し合い、ぶつかり合い、刺激し合える相手が一番側にいることは何にも代えがたいことであります。

私はこの本を作製させていただく中で、多くの人々に支えられ、守られ、生きていることを改めて実感しました。自分にはこんなにも多くのかけがえのない存在がいて、彼らに支えられて生きていると思うと涙が溢れてきます。そして改めて家族と会の歴代の多くの先輩方、職員と会員の皆様、そして仲間たちによって存在できていることに感謝でいっぱいになります。まだまだ幼く、失敗も多々し、日々学んでいる最中ですが、この溢れる感謝をすべてのエネルギーとして、与えられた仕事を通して、少しでも世界中の人々にお返ししていきたいと願っています。

私の人生に直接関わってくださっている方々、この本などを通して間接的に関わってくださっている方々、皆様の存在はすべて私の心の中に確かな足あとを刻み、それは美しく残り、私の中で響きつづけていきます。

無限なる感謝を込めて

プロフィール・リスト
PROFILE LIST

写真 十 メッセージ
PHOTO & MESSAGE

名前：Augusto Cuginotti ／アウグスト・クギノッティ　国籍：Brazil ／ブラジル　写真：P27　メッセージ：P38

学ぶことや自己啓発に興味があり、現在は持続可能な世界のために研究・活動している。また、リーダーシップと精神性をつなげるプロジェクトを行ない、ビジネスマンから若者まで、それぞれがスピリチュアリティについて考え、学ぶ"場"を主催している。

一言：アウグストはとても大きく、温かい空気感をもっている人で、彼の前では不思議と何でも話せてしまいます。そのままを受け止め、大切な気付きをうながしてくれます。「与えようとばかりする人は、もらおうとばかりする人と同じくらいわがままなんだよ。ユカは人が与えようとする機会を奪ってはいけない」など、今の自分に本当に必要でそして心に残る言葉をソッと与えてくれる大切な存在です。

名前：Brian Dickson ／ブライアン・ディクソン　国籍：Canada ／カナダ　写真：P44,67,123　メッセージ：P28

幼い頃から人間の存在と、人生の意義について考えてきた。ファシリテーションやライフコーチングを学び、スピリチュアリティを通して世界が一つに向かっていけるようさまざまな活動を展開している。現在はヨガの先生としても活動中。

一言：決して飾ることはなく、ありのままの自分を、そのまま現わし生きているブライアン。自分の信じることに真っすぐ向かう姿からは本当に多くのことを学びます。時に人にどう思われるか、"宗教"だから嫌がられるのではないかなど不安を感じる時は、彼を思い出すとありのままでいればいいのだと強くなれます。同じ考えや意識を持つ彼は、いつも私を勇気づけ、励ましてくれています。彼が世界のどこかに（いつも世界を飛び回っているので）存在していると思うだけで、たくさんの勇気と支えを与えてくれる心強い仲間です。

名前：Fraide Emmanuel Kibibi／フレイデ・エマニュエル・キビビ　国籍：Ugand／ウガンダ　写真：P30　メッセージ：P45

さまざまな困難を経ながらも、大学でITを修学。その後も、難民キャンプでさまざまなボランティア活動を行ない、平和の大切さを若者たちに伝えている。今は仏教の思想も学び、平和活動に取り組んでいる。

一言：本当に美しい笑顔が印象的なフレマは、難民キャンプに住んでいる人々が平和と幸せを築いていけるよう必死に活動しています。私たちは彼らのために、平和のプロジェクトを一緒に展開していこうと話し合っています。どんな辛い目に合おうとも、前向きで澄んだフレマの目は、たくさんの光と希望を人々に与えてくれます。

名前：Jimmy Lama ／ジミー・ラマ　国籍：Nepal ／ネパール　写真：P24,126　メッセージ：P122

ネパールの貧しい地域に学校を建てること、また学校を支援するネットワークづくりに関わっている。教育のレベルと学校の全体的な福利厚生の向上のため、活動している。

一言：ジミーとは、SOPPにユース代表として参加してくれたことがきっかけで出会いました。とても純粋で謙虚な心の持ち主ですが、自分の国の人々のために何かをしなければという強いミッションを持っていて、穏やかな中に芯の強さを持っています。そんなジミーは、その存在だけで場を温かくしてくれるような力を持っています。

名前：Joaquin Leguia ／ホアキム・レギア　国籍：Peru ／ペルー　写真：P30,81,107　メッセージ：P130

子どもたちの手によって地球環境が守られていくようにNGO団体ANIAを設立。子どもたちと共に常に活動し、子どもの内と外が守られていくようプロジェクトを開発し、世界中から賞賛されている。

一言：「僕は西園寺三姉妹のお兄さんとして、三人を必ず守っていく！」と、いつも言ってくれるホアキムはその言葉通りに、いつも私たちを見守り、全身でサポートしつづけてくれています。子どものような無邪気な心と、おじいさんのような深い愛と叡智の両方を持ち合わせるホアキムは、そのすべてを惜しみなく私たちに注いでくれ、私たちを導いてくれます。私の大切な、大好きな兄上です。

名前:Judith Bedard／ジュディス・ベダード　国籍:Canada／カナダ　写真:P11,21,23,48,53,57,83,86,91　メッセージ:P102

世界で活躍しているファッションモデル。仕事の傍ら芸術家として、コラージュなどの芸術作品も作成している。東洋哲学、内なる平和、瞑想などにも興味があり、さまざまな勉強もしている。

一言:ナディーン(同頁下欄参照)から連絡がきて、ユカと波長の似た友人が今日本に来ているから是非会ってほしいと言われたのが出会いのきっかけでした。二人は必ず意気投合するからと言うナディーンの言葉通り、出会って2、3回目の時にはもう既に何年も前から知っている本当に親しい友人のようでした。日本が大好きなジュディスは、私以上に日本人らしいところがあり、私たち三人のもう一人の姉妹とよく言っています。とても謙虚で、美しくて、純粋で……大切な家族です。

名前：Julius Magala／ジュリアス・マガラ　国籍：Uganda／ウガンダ　写真:P44,99,111　メッセージ:P20

経済学を勉強したのち、現在は社会起業家と共にウガンダとルワンダにて、貧しい地域でソーラーパワーを活用する教育トレーニングをしている。リーダーシップ、自然、読書、瞑想、旅行そしてボランティアなどに興味がある。

一言:「Crossing the line」のある人とはジュリアスのことです。彼はとっても穏やかで、優しくて、落ち着いていて、タイの会議では彼の隣でご飯を食べるのが大好きでした。弟たちを全員、少なくとも高校までは出してあげたいと、彼らのために一生懸命働く、本当に立派な人です。

名前:Luz Maria Ampuero／ルズ・マリア・アンプエロ　国籍:Peru／ペルー　写真:P18,39,41,57,79,92,119　メッセージ:P112

Nuna Ayniというヒーリングセンターを主宰している。総合的な治療をすると共に、芸術、社会環境、エコ、そして健康に関するプロジェクトを行なっている。これらの四つの分野を統合して、持続可能なコミュニティのモデルを発展させている。また祖先の叡智を大切に守り、伝えている。

一言:ルズマは、自分の言っていることと、行なっていることが本当に一致している女性です。常に環境や、地球に生きる生物のことを思いながら、それらと一つとなって生活している彼女と一緒にいると、少しでも自分もそうありたいと思わせられます。素晴らしい祖先からの叡智や自然からのメッセージをいつも教えてくれるので、お話を聞くのが大好きです。本の中のネイティブアメリカンのお話を教えてくれたのも、ルズマでした。

名前：May Al Najjar／メイ・アル・ナジャール　国籍：Kuwait／クウェート　写真:P24,33　メッセージ:P78

生物医学を勉強し、現在はプラニックヒーリングを教えている。また、瞑想の指導も行なっている。

一言:本当に明るく、笑顔が美しいメイとは、インドで行なわれた会議、Call Of The Timeで出会いました。そして帰国後も、彼女は定期的にとても素晴らしい詩やメッセージを書いては送ってくれました。そのメッセージがどれも美しくて、叡智に溢れ、胸に響いてくるので、今回本を作製するにあたって、是非メイからも日本の読者へ一言もらいたくてお願いし、実現しました。

名前：My Oldest Best Friend／(私の古い親友)　国籍:Israel／イスラエル　写真:P97,126　メッセージ:P60

一言:ドイツに行った12歳の頃に出会えた、私の親友の一人です。ドイツでさまざまな経験を共にしましたが、どれも大切な思い出です。今でも強く印象に残っているのは、学校でユダヤ人収容所に行った時のことです。親友も、ドイツ人の友人たちも、私も、皆がそれぞれの立場で辛い思いを感じていました。その時、このような歴史は二度と繰り返されてはならないと、そこで初めて家族以外の場で平和について深く考えさせられました。1年半軍隊に入っていた彼女は、一切の新聞や本に自分の名前や顔を出さない約束をしています。その中でも、今回は自分の出来る精いっぱいの範囲で応援したいと、匿名でメッセージと写真を提供してくれました。

名前：Nadine Strittmatter／ナディーン・シュトリットマッター　国籍：Switzerland／スイス

写真:P12,44,62,63,67,77,89,125　メッセージ:P84

世界で活躍しているファッションモデル。平和を心から愛し、さまざまな教えを学び、精神性を高めている。現在はシャーマンのドキュメント映画作りにも携わっている。

一言:ナディーンは本当に聡明で、心が透き通っている女性です。彼女は華やかな世界にいますが、実際に出会うと本当に地に足が付いていて、慎ましく、温かい素晴らしい女性です。鋭ぎ澄まされた感性と叡智の持ち主で、何気ない一言にもハッとさせられます。また、彼女から送られてくるメッセージやお薦めの音楽や本は、どれも彼女を現わすような美しく優しいもので、いつもたくさんの感動と学びをもらっています。

名前：Peter Mücke ／ペーター・ミュッケ　国籍：Germany ／ドイツ　写真:P59,81,95　メッセージ:P54

ドイツの国営放送、ARDで政治担当の記者をしている。歴史や、読書、ジョギングや旅行に興味がある。

一言:仕事柄、多方面に知識を持っているので、いろいろなことを教えてもらいます。真実を追求する冷静な目の持ち主のペーターは、常に私の考えや主張を尊重しながらも、別の新たな視点を教えてくれます。物事に対する真っすぐな洞察と、決して嘘が付けない性格のペーターは、私が尊敬し、心から信頼している人です。

名前：Steve Dyer ／スティーブ・ダイヤー　国籍：South Africa ／南アフリカ　写真:P129　メッセージ:P93

作曲家、音楽家。アフリカンジャズを中心に演奏を行なっている。その他にも"Colour Me Human"というプロジェクトも行なっていて、未だ人種問題が残っている南アフリカで人間は皆一つであるということを音楽を通して伝えている。

一言:スティーブとは、彼のプロジェクトの話を通して意気投合し、仲良くなりました。内緒でアフリカからCDを取り寄せたら、後から日本でも普通に販売されていたことを知り、インターナショナルに活躍していることに驚いてしまいました。彼の音楽は大好きで、たまに聞いている最中に本人からメールが届いたりしますが、そういう時もまたつながりというものを感じます。またこの本を作るにあたっても、制作者としてのアドバイスをくれて、その言葉をいつも振り返り、私の軸にしていました。

写真またはメッセージ

PHOTO or MESSAGE

名前：Anita Nuss ／アニータ・ヌス　国籍：South Africa ／南アフリカ　写真:P42,59,64

会社の顧客マネージャーとして働いている。常に知的好奇心を持ち、読書や、瞑想を通し、またさまざまな経験を通して学んでいる。

一言:たまたま本を作製している最中に、アニータからメールが届きました。それは彼女の住むケープタウンで大きな雷があったという内容で、数枚の写真も添付されていました。その美しい写真に一目惚れをし、是非この本に使わせてほしいとお願いしたら、即オッケーしてくれました。純粋な心の持ち主が撮影すると、こんなにも透き通った純粋な写真になるのだということを、アニータの写真を見て実感します。

名前：Chimay Posavec ／チメイ・ポザベック　国籍：USA ／アメリカ　写真:P24,37,105,113

現在は大学で芸術を勉強している。ヨガや旅行が大好き。

一言:約5年前、彼女が16歳の時にスイスの会議で出会いました。それ以降ドンドンと私の目の前で美しく、知的で、立派な女性へと変化していくチメイ。彼女は今回の本にあたり、写真の他にも絵画作品を送ってくれました。残念ながらそれを載せることは出来ませんでしたが、本当に素晴らしい才能の持ち主です。愛らしくて、優しくて、人思いで、そして照れ屋さんなチメイの今後を、とっても楽しみにしています。

名前：Eisho Yoshikawa ／吉川栄省　国籍：Japan ／日本　写真:P34,120,131

精神科医。

一言:山と自然が大好きな私の義理の兄。彼の撮る写真は本当に美しく、息を飲む作品が多々あります。ただただ、素晴らしいとしか言えません。今回の本でも「是非、是非、写真を本に載せたい」とお願いすると、すぐにその願いを叶えてくれました。一緒に出かける時は、必ず義兄の一眼レフを奪っては遊ばせてもらっています。最近、私が写真に興味があるのも義兄の影響がとっても大きいです。

名前：Joao Marcelo Emediato／ジョアオ・マルセロ・エメディアト　国籍：Brazil／ブラジル　写真：P55,107

デザインの勉強／仕事をしている。

一言：親しみやすい雰囲気を持つジョアオのノートを開くと、そこにはたくさんのデザインと芸術作品で溢れています。それらはノートから飛び出してくるかのごとく、とても迫力のあるものばかりです。ジョアオの作品には、彼独特の世界が現われていて、とても新鮮です。例えば同じ場所を通って撮影しているのに、そんな風景あった？というくらい、彼の撮るものは違うので、とっても面白く、勉強になります。

名前："Kishiko" - Yuko Kishida　国籍：Japan／日本　写真：P68

ダンサー、振付師。

一言：芸術の世界で生きる岸子は、私が大好きな"ちんゆう"です。私の頼れる良き相談相手で、嬉しい時も、辛い時も、何でもすぐ報告してしまいます。今回の本に関しても岸子からは、たくさんのアドバイスをとサポートをもらい、いろいろな面で助けてもらいました。お互いに忙しくて頻繁には会えなくとも、何かあったら必ず互いに駆けつけ合える……そう思える、大切な存在です。

名前：Lydia Black／リディア・ブラック　国籍：USA／アメリカ　写真：P15,65,73,114

人類学と自然、先住民族の教えを勉強している。芸術、旅行、そして学ぶことが好き。

一言：リディアは常に一定で、とっても落ち着いた雰囲気の持ち主です。すぐにはしゃいでしまう私は、彼女のその深い落ち着きと貫禄に憧れてしまいます（ちなみに8歳年下です）。彼女の撮る写真が本当に好きで、いつか必ずどこかで使わせてもらいたいとずっと話していました。今回、ようやくその願いが実現し、とっても嬉しいです。

名前：Paola Piotteli／パオラ・ピオテリ　国籍：Peru／ペルー　写真：P31,73,101

大企業などのコンサルティングを行なう他、芸術を通したヒーリングワークもする。ストリートチルドレンなど子どもたちとのプログラムを行なったり、ヨガの先生としても活動している。

一言：知的で、論理的で、シッカリしていると同時に、とても繊細で、愛深く、温かい心の持ち主です。力強さと、優しさの両面を持っているパオラからは本当にたくさんのことを学ばせてもらいます。必要となれば、物事をきっちり論理立て、完璧にまとめてしまうと思えば、子どもたちの前では本当に無邪気で愛一杯に笑って、楽しそうに遊びます。その両面を上手く持ち合わせ、使いこなすパオラは、私の素敵なお手本です。

名前：Sakiko Machida／町田咲子　国籍：Japan／日本　写真：P29

現在は米国在住。大学院で勉強をしている。

一言：大学に入り立ての頃、あたりを見渡して直感的に「あっ、この人と絶対お友達になろう！」と思い、私から声を掛けたのが出会いのきっかけでした。それ以来、咲子は私にとってかけがえのない存在です。何もないところで二人とも同時にこけてしまうような咲子とは、何を話さなくてもただそばにいてくれるだけで十分で、それだけですべてを理解してくれているような気がします。どんなに離れていても、心の中ではいつもそばにいる存在です。

名前：Lawrence Yealue／ローレンス・イエリュー　国籍：Liberia／リベリア　メッセージ：P69

難民キャンプで先生として働いている。

一言：World Spirit Forumという会議に出席した時にローレンスと出会いました。親を目の前で殺されながらも、平和と許しを訴えつづけるローレンス。今でも覚えているのは、スイスの雪山をお散歩しながら、彼の強さはどこから来るのか知りたくて、いっぱい質問をした時のことです。するとローレンスは、自分は決して強くはなく、ただ自然の中に還ると神の存在を感じる。だから僕はそれを信じ、摑みつづけているだけなのだと話してくれました。この神秘の力に自分の人生の意味を感じ、使命を感じるのだと。あの時、森の中でお散歩しながら、確かに大いなる存在に守られていることを二人とも感じていたと思います。

※また、未だ自分の過去を語ることが苦しくなってしまうローレンスの代わりに、正確な情報を教えてくれたDr.Harriett Nettlesにこの場をお借りして感謝を申し上げます。

立て直していく力を見ました。

撮影者：Paola 写真C
場所：Pisco Peru -3

NGOによって建てられた子ども用の遊び場のテントの前で撮影。プラスチックのテントの中はとっても暑く、おもちゃもほとんどありませんが、子どもたちは一生懸命遊び、喜びと無邪気さを取り戻していました。

これらの三つの物語（写真：A,B,C）に、私は希望を見出し、人間の受容力と素晴らしい能力を見ました。そして寂しさの中にも、勇気や希望、そして人間の魂の力が宿っていることを知りました。すべてが壊されてしまい、すべてを奪われた人々の中に、残ったものでまた新たな喜びと平安を作っていこうとする、魂の一番純粋な力が漲るのを感じました。世界には、このように0から始めなければいけない状況を抱える方々も多くいると思います。でも忘れてはいけないことは、たとえ多くを失ってしまったとしても、私たち自身は存在しつづけるということです。私たちは常に、自分自身を見つめ、大切にしていくことが大事なのです。

撮影者：May
場所：Sheila village, India

川は常に流れ、変化し

撮影者：Joaquin
場所：Yuchan, Bolivian Chaco

10人の子どもたちとともに、母なる地球のためにポーズをとる。

撮影者：Fremma
場所： Uganda

母親と一緒に。

撮影者：Paola 写真A
場所：Pisco Peru-1

私は地震被害者の精神的ケアをするために、この町に派遣されました。これは町の中で唯一立ち残った三軒のうちの一軒です。天災の中でも必死に立ちつづける姿から、私はどんな辛い状況の中でも私たちも真っすぐ立ちつづけなければいけないという勇気をもらいます。

撮影者：Paola 写真B
場所：Pisco Peru-2

ある地震被害者の女性。彼女のすべては、愛する者や所有物とともに消えてしまいました。まるで自分の人生が突然奪われたかのように。しかし魂はここに残り、道理にかなわないこの状況に意味を見出し、また一つ一つ

す。この写真は、仏教寺院の階段から撮りました。彼女らの親しみ深い様子は、私の目にとても美しく映りますが、彼女らをさらに美しくしているのは、学校を建て直すのを援助するために、この村にやってきたということです。

撮影者：Chimay
場所：Shizuoka, Japan

仲間の素晴らしさ。

撮影者：Augusto
場所：Karlkrona, Sweden

この写真は、スウェーデンのカールスクルーナで撮ったもので、季節は秋です。熱帯の国から来た私は、まだ四季の移り変わりに慣れていません。でもここでは、緑の夏、紅葉の秋、白く寒い冬、生命溢れる春と、同じ路を歩いていても景色が違って見えるので、とても楽しいです。

撮影者：Sakiko
場所：Nassau, The Bahamas

大好きなバハマ諸島のビーチにて。

い。あるいは、もしかしたら空が母なる大地を反映しているのかもしれません。

撮影者：Judith
場所：Shanghai, China

川が見えるように配置されていた"椅子"。

撮影者：Judith
場所：Guetary , FRANCE

Aliochaが寝ている姿。

撮影者：May
場所：Kuwait

お腹の底から、笑ってください。もっともっと笑ってください。あなたの存在の中心からの笑いは、あなたの中にひびきわたり、そして、あなたは自分の笑いがどのようにあなたの行動すべてに反映されてゆくかを知るでしょう。そして、宇宙からの無限なる供給を喜ぶのです！

撮影者：Jimmy
場所：Chhimi, Nepal

2007年1月1日に、ネパールのチヒミという小さな村で撮った写真です。友達のディキは、この村の出身で

撮影者：Judith
場所：Paris, France

Stephaneが、パリの道で後ろ向きに自転車を走らせている姿。

撮影者：nadine
場所：Bangkok, Thailand

タイ、バンコクでクリスマス・イヴに撮った写真。光が別世界のようで、そこにエネルギーの場が見えてきそうな気がします。写真が叶えてくれた、私の大好きな一枚です。

撮影者：Lydia
場所：Nanuki, Kenya

マサイは、ケニアの南とタンザニアの北に住み、何世紀もの間、独自の伝統と文化を保ってきました。このマサイの人の首飾りの鍵は、新しいものとの同化を意味しています。

撮影者：Luzma
場所：Amazon River, Perú.

この時私は、地球がどれほど空に近いかを感じました。宇宙に境界はありません。境界は私たちの頭の中にしかないのです。水がどれだけ空を反映しているか見てくださ

撮影者：Judith
場所：Biaritz, France

電車の中での、SatyataとAliochaの足。

撮影者：Judith
場所：Paris, France

Aliochaがママの帰りを待ちわびています。

撮影者：Peter
場所：Minesota, USA

アメリカ、ミネソタのスペリオル湖。大きな湖に小柄な年配のカップル。ご主人が奥さんのためにフルートを吹いています。二人の間に溢れる愛と平和を感じて。

撮影者：Anita
場所：Capt town, South Africa

南アフリカ、ケープタウンのグリーンポイントにて。暗闇の空を照らす稲妻。この光景は、私に自然の神秘を思い起こさせます。

撮影者：Nadine
場所：Greece

ギリシャの風景。

撮影者：Rika
場所：Okinawa, Japan

姪たちが楽しそうにお風呂で遊んでいる風景。

撮影者：Judith
場所：2005 , New york city, USA

鳥たちのポートレート。

撮影者：Joao
場所：Brazil

"今"というテーマで作成した作品。

撮影者：Luzma
場所：Thailand

太陽と母なる大地は、とっても愛し合っていて、お互いに完璧な距離をとって存在しているのです。もしも、太陽がより近ければ、私たちは皆焼け死んでしまいます。宗教は、大自然の姿から互いを尊敬し合う方法を学ぶべきです。私たちは、互いを殺したり、互いの文化を根絶させてしまうことなく、先祖代々の叡智と共に、同じ空の下で生きられるはずです。

瞑想を捧げ、面倒を見てあげている。そのせいか、ここのトラたちはとても穏やかで、お肉も食べないのです。

撮影者：Brian
場所：Bermuda

これはバーミューダーとアコレス（ポルトガル領）の間を渡っていた時、船首から見えた日没の写真です。

撮影者：Dad
場所：Tokyo, Japan

ユカの29歳のお誕生日に。姉二人に囲まれて。

撮影者：Judith
場所：Black Forest, Germany

子どもたちが野原を走っている姿。

撮影者：Yuka
場所：Tokyo, Japan

昔飼っていた犬、我が家の愛するドゥビー。

撮影者：luzma
場所：Aonang Beach, Thailand

子どもの無邪気さというのは、決して失われてはなりません。

撮影者 Anita
場所：Cape town, South Africa

約400年前、オランダ人がケープタウンに到着した時、彼らは山々を奇妙な名前で呼びました。例えば、ライオン・ヘッド（ライオンの頭）、デビルズ・ピーク（悪魔の頂）、そしてテーブル・マウンテン（机山）など。でもまさにそんな形なのです。

撮影者：Julius
場所：Dare salaam , Tanzania

2008年に、タンザニア・ダルサラームの海辺で撮った写真。岩の上に立って、海とその中を泳いでいる人々を見ていました。が、自分はこの後何をしにどこへ行こうかと数分間立ちどまってしまいました。

撮影者：Nadine
場所：Thailand

タイにある修道院。ここにいる僧侶たちはトラのために祈りや

ています。私たちも常に変化し、一瞬前の自分とも、決して同じではあり得ません。なぜなら私たちは常に未来に向かって流れつづける存在であるからです。

撮影者：Eishan
場所：Yamanashi, Japan

七面山の頂上の宿坊から見た、早朝の富士山です。

撮影者：Chimay
場所：Guinea

夜の食材を買いに、野菜と果物のスタンドに行きました。
商品を売っている女性たちは大いに笑い、冗談を言い合っていて、この国に溢れる優しさと親しみを感じました。また、豊かさや、便利さ、そして技術なんかよりも友情、家族そして笑いのほうが、ずっと大切であることを見せてくれました。

撮影者：Luzma
場所：Sacred Valley Cusco Perú

何千年もの間、私たちの祖先は母なる地球の力を使い、人々を癒してきました。すべての木、石、植物、種……これらには、神聖な薬が入っています。

撮影者：Judith
場所：Black Forest, Germany

ブラックフォレスト（黒い森）の、静けさと平安。

撮影者：Yuka
場所：Tokyo Disney Land, Japan

母のお誕生日に。

撮影者：Judith
場所：Massachusetts, USA

Markが、亡くなった両親の家の前の海で、愛犬と共に遊んでいる姿。

撮影者：Nadine
場所：California, USA

Joshua Tree National Park の砂漠にて。

撮影者：Nadine
場所：Thailand

タイにある修道院で撮影した2匹のトラ。

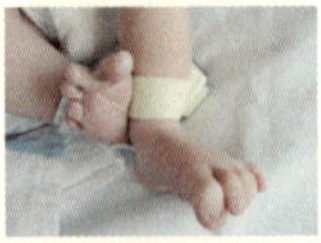

撮影者：Judith
場所：New york, USA

がよく、元気と幸せをいっぱいもらいました。

撮影者：Luzma
場所：Iquitos Jungle of Perú.

私たちが皆、私たちの環境と神聖な関係を保ち生きていけるということを心から信じています。

撮影者：Joaquin
場所：Rio Picha, Peruvian Amazon

自然と一体になった、ある日の神秘的な午後。

撮影者：Yuka
場所：Potzdam, Germany

フリードリヒ王の別荘として建てられた美しい宮殿の名前は"サンスーシ"、フランス語でNo worries（憂いなし）という意味らしく、それが気に入って撮った一枚。

撮影者：Peter
場所：Zugspitze, Germany

ドイツの最高峰であるツークシュピッツェの登山中に撮った写真。鉄製の足かけの40メートル下には、氷河の塊と雲しかありませんでした。

に現われた、道の上の落書き。

撮影者：Lydia
場所：Guanajuato, Mexico

メキシコ、グアナフアトのサンミゲル・デ・アレンデで。深呼吸をしながら、平和な微風が渡るのを感じているMarco。

撮影者：Paola
場所：Peru

必死でありながらも明るく生きるストリートチルドレンの姿。

撮影者：Yuka
場所：Mt.Abu, India

ブラーマ・クマリス主催の会議、Call Of The Timesにて。毎朝一緒にお祈りをしていたMahaが太陽と一つになっていて、思わず写真を。

撮影者：Nadine
場所：Toronto, Canada

カナダの北米先住民の地にて、sweat lodge（先住民の行なう伝統的な浄化と癒しの儀式）の後に、Ninaと一緒にいるところを撮られた一枚。とっても心地

撮影者：Brian
場所：Kathmandu, Nepal

ネパールでの会議に出席した後に出会った、チベット仏教の僧侶。彼の柔らかい表情には愛と叡智が満ちていました。その後、私はチベットの修道院にて英語を教えることになりましたが、そこにいた僧侶たちの顔にとても親しみを覚えました。

撮影者：Nadine
場所：Switzerland

スイスの山脈を撮った一枚。山は私にとって驚くべき澄んだエネルギーを与えてくれます。そこにいるとすべてが明確になり、私のエネルギーを透明にしてくれるような気がします。そして、山から見渡す景色はすべてがとっても小さく見えて、新たな洞察を与えてくれます。

撮影者：Kishiko
場所：Tokyo, Japan

タンゴのリサイタル。

撮影者：Yuka
場所：Ahmedabad, India

インドの町で赦しについて話しながら歩いていたら、偶然、足下

撮影者：Nadine
場所：Santorini, Greece

ギリシャで昼食をしていたら、突然馬の行列が階段を登っていきました。その驚きの風景を、思わず写真に撮りました。

撮影者：Anita
場所：Cape town, South Africa

南アフリカは美しい国です。そして、ケープタウンは非常に特別な都市です。ケープタウンの人々は、朝目を覚ますと、さまざまな色が彩なす空を目にします。それは彼らに、特別な空間と時間の中で暮らしていることを思い出させます。

撮影者：Lydia
場所：Mexico city, Mexico

メキシコシティの中心にあるエル・ゾカロで撮ったものです。この写真は、変化、そして、新旧の調和を意味しています。メキシコシティの中心は、アステカのテノチティトランの都市の上に、スペイン人が建設したものですが、今は、スペインの建築と発掘された遺跡を同時に見ることが出来ます。この写真の若い女の子は、自分のルーツを辿り、アステカの人から浄められているところです。

写真リスト

PICTURE LIST

撮影者：Joaquin
場所：Madre de Dios, Peruvian Amazon

まるで自分の妹のように木を世話する女の子。

撮影者：Yuka
場所：Toronto, Canada

カナダの北米先住民の地にて。このティピーの中に寝袋を敷いて寝る。

撮影者：Julius
場所：Kasese, Uganda

2008年に国立公園を通った時にいた美しい鹿たちを撮影。

撮影者：Chimay
場所：the Andes, Peru

ペルーのアンデス山脈で、2日間、雨あられや暑さのなか歩きつづけ、ようやく頂上に達した時、眼下の谷間に岩の彫刻がシルエットを落としている神秘的な光景を目にしました。

を捧げているところ。

撮影者：Yuka
場所：Shizuoka, Japan

いつも愛に溢れるWorld Spirit Youth Councilの仲間を撮影。

撮影者：Yuka
場所：Okinwa, Japan

父とリカが姪のルミが歩く様子を見守っている。

撮影者：Chimay
場所：Koh Pagnan, Thailand

タイの穏やかな日没の前で太陽の礼拝を行なっているところ。

撮影者：Joao
場所：Indiana, USA

これは合成した写真ですが、両方ともアメリカの小さな町で撮影したものです。一つしかないメイン通りの一方には教会があり、ちょうどその反対側にBank of America。パワーの象徴である建築物が向かい合わせに建っていたのがおかしく思えて、その二つをより近寄らせてみました。

ティブなことをしるしてゆくことの象徴のように思いました。砂浜に残した足あとのように、私は、知り合った人々の人生に、ポジティブな影響を残していきたいと思っています。

撮影者：Julius
場所：Kigali, Rwanda

2008年に、ルワンダの首都キガリのニャミランボと呼ばれている市の中心地で撮った写真です。この写真は、家族を養うために懸命に働くアフリカの女性そのもので、通りを歩きながら、果物を売っています。

撮影者：Paola
場所：Egypt

一切、何の加工もされていない自然の写真です。砂漠を吹く風がこのような美しい芸術を作り上げていました。

撮影者：Michael O' Brien
場所：Toronto, Canada

Father Terryと一緒に。

撮影者：Yuka
場所：Arosa,Switzerland

Oranとマキがお祈り

撮影者：Peter
場所：Buenos Aires, Argentina

ブエノスアイレスにある歴史的な軍艦の中で撮った一枚。手で操作するこの器材の美しさと正確さ、しかし、その用途は、船を撃って人を殺すことであったという対比。

撮影者：My oldest best friend
場所：Jerusalem, Israel

エルサレムのイエミン・モーシェ地区を写した写真。イエミン・モーシェは、旧市内の西側に面している小さな、魅力的な郊外の町です。この町は、イスラエルの独立戦争の間、何ヵ月も敵に完全に包囲されましたが、英雄的に持ちこたえました。そして、六日戦争を経て、修復された後は、何人もの画家がこの地に惹きつけられました。この町のギャラリーでは、彼らの絵が売られています。ここは、エルサレムでも特別な場所です。

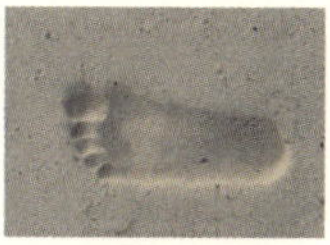

撮影者：Julius
場所：Dare-salaam, Tanzania

2008年2月、タンザニア・ダルサラームの友人を訪ねた時に撮った写真。海辺の砂浜を歩いていた時、自分の足あとに気づきました。写真は、私の足あとです。これは、私がポジ

生まれたてのRioの足。

撮影者：Luzma
場所：Thailand

自らの道を、思いっきりの笑顔と共に歩むほど平安なことはありません。誰にとっても笑顔は最高の魔法です。

撮影者：Yuka
場所：Arosa, Switzerland

LawrenceとLanna。

撮影者：Yuka
場所：Tokyo, Japan

Brianが姪のミキをいとおしそうに抱く姿。

撮影者：Michael O' Brien
場所：Toronto,Canada

World Spirit Youth Councilの母なる存在、Ninaと談笑しているところ。

撮影者：Yuka

私の大好きな親子。ジュースを一緒に飲む姿がいとおしくて撮った一枚。

写　真　リ　ス　ト

PICTURE LIST

撮影者：Lydia
場所：Vermont, United states

アメリカのバーモントで撮った写真。バーモントの丘にある家のお庭のまわりに、チベット仏教の祈りの旗がたなびいていました。

撮影者：Luzma
場所：The Amazon River Perú

母なる自然を見れば見るほど、私は私たちが住んでいる場所の美しさを見ることが出来ます。

撮影者：Eishan
場所：Nagano, Japan

2009年7月、軽井沢の千ヶ滝。

撮影者：Brian
場所：Shizuoka,Japan
(Fuji Sanctuary)

白光真宏会の素晴らしい富士聖地にて、SOPPが開催されているところ。ユース代表として、SOPP2007に参加し、新しい世紀の祈りについて、新しいアイディアやビジョンを皆で発表しました。

撮影者：Nadine
場所：Shizuoka, Japan
(Fuji Sanctuary)

富士聖地で撮った一枚。大地に大きく書かれた”MAY PEACE PREVAIL ON EARTH”。それはいつまでも響きつづける、祈りの場でした。

撮影者：Yuka
場所：Kamakura, Japan

鎌倉の神社で撮影した一枚。

撮影者：My oldest best friend
場所：Haifa, Israel

イスラエル、ハイファの主な観光名所であるバハイ・ワールド・センター。金色のバブの霊廟とその庭園が見えます。ハイファは、北イスラエル最大の都市で、国全体でも3番目に大きな都市です。ユダヤ人とアラブ人の両方が暮らしています。そのことが、私にとっては、ハイファ市を特別な場所にしています。

撮影者：Jimmy
場所：Yolmo valley, Nepal

カトマンズの北、ヒマラヤ山脈のヨルモ峡谷にある卒塔婆です(ヨルモとは、隠れた聖なる宝の地という意味です)。この卒塔婆は、この村の人々が、平和の象徴として自分たちだけで造ったもので、どんな災いや病いからも守ってくれるものとして、深い信仰を寄せています。

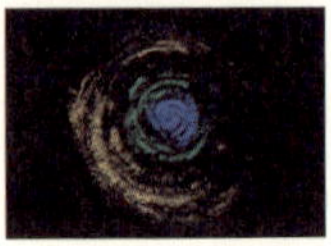

作成者：Steve

愛のサークル～

この作品は、私が砂絵で作成したものです。ダライラマの著作『widening the circle of love(愛の環を広げて)』に捧げられた「ネイティブの芸術」のために、私がつくった歌のタイトルに合わせて作りました。

ダライラマは、“愛と慈しみについて話す時、私は、仏教徒として話すのではなく、チベット人として話すのでもなく、ダライラマとして話すわけでもありません。私は、一人の人間として話すだけです。人間であるということは、私たちすべての拠り所であり、根本です。あなたは人間として生まれます。そして、それは死ぬまで変わりません”と語っています。私は、その言葉に影響を受け、次の一節をつくりました。

“私たちの最も強力で、ポジティブで、すべての人を結びつけるいのちの力は、私たちが人間であるということです。このことは、私をずっと自由にしてくれるのです”。

撮影者：Eishan
場所：Toyama, Japan

2007年9月だったと思います。立山のみくりが池から見たご来光。もうちょっと待てば下側にも太陽が映ったのですが……フィルム不足でした。

FOR PEACE

Tebūna pasaulyje taika

السلام للعالم أجمع

Siriri a douti na ndo ti sesse

ขอให้สันติภาพจงมาสู่โลก

May Peace Prevail On Earth

Et in terra pax hominibus

Que a paz prevaleça no mundo

Puisse la paix régner dans le monde

ישרה שלום עלי אדמות

ලොවෙහි සාමය පවතීවා

Да будет мир человечеству во всем мире

Tiqsimuyupi allin kawsay kachun

Que la paz prevalezca en la tierra

Che la pace regni sulla terra

世界人類が平和でありますように

A khutšo e be gona lefaseng

Möge Friede auf Erden sein

Ukuthula makubuse emhlabeni

विश्वमा शान्ति फैलिरहोस

Εύχομαι να επικρατήσει η ειρήνη στον κόσμο

西園寺由佳（さいおんじ　ゆか）

1980年生まれ。学習院大学法学部卒。小・中学校時代を アメリカとドイツでも過ごす。
現在は、白光真宏会会長代理として、二人の姉と力を合わせ、講演や執筆活動を通して真理の普及に務めている。
2005年からは世界の若者と共に「World Spirit Youth Council」を展開、宗教宗派を超えた精神性の大切さを伝えている。
また2009年には米国カリフォルニアでの「Evolutionary Leaders Retreat」に参加、ディーパック・チョプラやバーバラ・マークス・ハバードをはじめとする世界の指導的立場にあるスピリチュアルリーダー、科学者、ベストセラー作家、意識啓蒙家らと共に、意識の力によって変化していく人類の未来、進化の行方について話し合った。現在もそのメンバーの一人としてプロジェクトを進展させている。著書に『ワーズ・オブ・ウィズダムー心のノート』がある。

白光真宏会出版本部ホームページ　http://www.byakkopress.ne.jp/
白光真宏会ホームページ　http://www.byakko.or.jp/

心の中の足あと
The footprints in my heart

2009年9月25日　初版発行

著者　西園寺由佳
ブックデザイン　犬塚雄大
発行者　平本雅登
発行所　白光真宏会出版本部
〒418-0102　静岡県富士宮市人穴812-1
電話　0544-29-5109
振替　00120-6-151348
白光真宏会出版本部 東京出張所
〒101-0064　東京都千代田区猿楽町2-1-16 下平ビル401
電話　03-5283-5798
FAX　03-5283-5799
印刷所　加賀美印刷株式会社

乱丁・落丁はお取り替えいたします。
定価はカバーに表示してあります。

ISBN978-4-89214-192-8 C0095